中国科幻经典大系

恐惧机器

主编 姚海军 刘慈欣

海峡出版发行集团 THE STRAITS PUBLISHING & DISTRIBUTING GROUP | 福建少年儿童出版社 FUJIAN CHILDREN'S PUBLISHING HOUSE

图书在版编目(CIP)数据

恐惧机器 / 姚海军，刘慈欣主编．— 福州：福建少年儿童出版社，2024.5

（中国科幻经典大系）

ISBN 978-7-5395-7660-2

Ⅰ．①恐… Ⅱ．①姚… ②刘… Ⅲ．①幻想小说—小说集—中国—当代 Ⅳ．① I247.7

中国版本图书馆 CIP 数据核字（2021）第 210431 号

“中国科幻经典大系”入选“福建省优秀出版项目”

中国科幻经典大系

KONGJU JIQI

恐惧机器

主编：姚海军　刘慈欣

出版发行：福建少年儿童出版社

http: //www. fjcp. com　e-mail: fcph@fjcp. com

社址：福州市东水路 76 号 17 层（邮编：350001）

经销：福建新华发行（集团）有限责任公司

印刷：福州德安彩色印刷有限公司

地址：福州市金山浦上工业园区 B 区 42 幢

开本：700 毫米 × 1000 毫米　1/16

字数：194 千字

印张：14.75

版次：2024 年 5 月第 1 版

印次：2024 年 5 月第 1 次印刷

ISBN 978-7-5395-7660-2

定价：38.00 元

如有印、装质量问题，影响阅读，请直接与承印者联系调换。

联系电话：0591-28059365

前 言

在时光列车即将驶入21世纪之际，我国著名科幻作家叶永烈先生在福建少年儿童出版社的支持下，主编了洋洋大观的六卷本“中国科幻小说世纪回眸丛书”，用精心遴选的300万字作品，勾勒出20世纪科幻文学发展的基本样貌。叶永烈先生不仅是一位影响深远、对科幻文学有着独到观察的科幻小说家，他在科幻史料的发掘和研究方面，也做了许多开创性工作。因此，“中国科幻小说世纪回眸丛书”在今天仍然是回望20世纪科幻文学的上佳读本。

叶永烈先生对科幻文学的未来抱有很高的期望，他在该丛书序言中甚至提议：“以后在每个世纪末，都出版一套‘中国科幻小说世纪回眸丛书’。”但令人痛心的是，2020年，叶永烈先生过早地离开了我们。出版界的朋友始终铭记他生前的愿望，曾在福建少年儿童出版社工作多年、曾任福建人民出版社社长的房向东先生和福建少年儿童出版社现任社长陈远先生多次相约，希望我能与刘慈欣一起续编“中国科幻小说世纪回眸丛书”。

21世纪不是才刚刚开始吗？当我抛出这样的疑问时，两位出版人不约而同给出了一个相同的理由：虽然21世纪只过去了20年，但这20年是中国科幻迄今为止最为光彩夺目的20年，我们有理由提前实施叶永烈先生的计划。

我深以为然。

自进入21世纪，我国科幻便进入了高速发展的快车道——

以吴岩、韩松、柳文扬、何夕、星河、潘海天、凌晨、杨平、赵海虹等为代表的新生代作家，进一步壮大了他们在20世纪最后10年悄然发起的新科幻运动，为科幻文学带来青春的律动和类型的大幅拓展。

1993年偶然闯入科幻世界的王晋康，迅速在世纪之交成为中国科幻重要期刊《科幻世界》的台柱子作家，他的一系列短篇《生命之歌》《七重外壳》《终极爆炸》，以及后来的长篇《十字》《与吾同在》《蚁生》《逃出母宇宙》，为21世纪的中国科幻增加了文化上的厚重和哲学层面的思辨。

1999年，中国科幻界另一位明星作家刘慈欣闪亮登场，并在其后的10

年里密集发表了《流浪地球》《乡村教师》《中国太阳》等一系列高水准的中短篇佳作。2006 年，刘慈欣的《三体》开始在《科幻世界》连载，一时洛阳纸贵。紧接着，2008 年和 2010 年刘慈欣又相继出版了《三体 2 · 黑暗森林》和《三体 3 · 死神永生》，将《三体》三部曲发展成一个无与伦比的恢宏宇宙。2015 年 8 月 23 日，刘慈欣的《三体》（英文版）获第 73 届世界科幻大会颁发的雨果奖最佳长篇小说奖，这是亚洲作家首次获得雨果奖，为中国科幻以及中国科幻与世界科幻的对话交流开创了全新局面。

《三体》引发了前所未有的科幻热潮，这一热潮甚至波及海外。《三体》在北美、欧洲以及日本都创造了中国科幻小说的销售纪录，并赢得了良好的口碑。《三体》在今天仍然备受关注，因此，最近 10 年也被很多评论家称为“后三体时代”。

“后三体时代”几乎无处不闪耀着《三体》的辉光，但就在这辉光中，新星的力量在悄然执着地生长。郝景芳、陈楸帆、江波、宝树、张冉、七月、拉拉、迟卉、长铗、谢云宁、夏笳、程婧波、顾适、阿缺、杨晚晴、梁清散、钛艺、廖舒波……新一代的科幻作家（亦称更新代作家）以更为敏锐的眼光审视并界定科幻的意义，试图在文化传统和国际潮流、现实和未来、科技和伦理的交织中找到立足的锚点。更让人惊喜的是，当下科幻舞台的中心，不仅有新生代、更新代，王诺诺、索何夫、陈梓钧、昼温、念语等 90 后作家也已经崭露头角。美国著名科幻作家大卫 · 布林预言，世界科幻的未来在中国。我想，有才华的年轻人不断涌现，应该是这预言最坚实的支撑吧。

科幻的繁荣，意味着我们无法仅以《三体》为轴心对这 20 年进行评说。中国科幻之所以丰富多彩，根本原因在于它的包容性。21 世纪以来，以“何慈康”（指何夕、刘慈欣、王晋康）为代表的“核心科幻”取得了令人瞩目的成就，拥趸众多；韩松式“边缘科幻”也一直特立独行，绽放异彩。可以说正是由于有韩松式作家的存在，中国科幻才成为一个完美的大宇宙。韩松被认为是被严重低估的科幻作家，他的小说既有对当下至为深刻的洞察，也有对未来最为大胆的寓言式狂想，对飞氘、糖匪、陈楸帆等更新代科幻作家产生了深刻影响。

科幻的繁荣，还意味着针对不同年龄层读者创作分工的完成。在原本被认为属于儿童文学的科幻小说日益成人化的同时，在科幻的内部，少儿科幻分支开始重新被认识，并迅速发展。一方面，专门为儿童写作的科幻作家异军突起，包括杨鹏、赵华、马传思、王林柏、陆杨、彭柳蓉、超侠等，其中赵华、马传思、王林柏凭借自己的科幻创作获得了全国优秀儿童文学奖；另一方面，成人科幻作家进入少儿科幻领域也渐成趋势，王晋康、刘慈欣、吴岩、星河、江波、宝树等均创作了少儿科幻作品，吴岩的《中国轨道》也获得了全国优秀儿童文学奖。

这套“中国科幻经典大系”虽然未直接沿袭叶永烈先生“中国科幻小说世纪回眸丛书”的书名，但基本遵照了后者的编辑体例，将21世纪第一个20年科幻小说的主要创作成果分为12册呈献给广大读者，其中很多作品都获得了中国科幻银河奖、华语科幻星云奖等重要奖项，亦有不少作品被译成英、日、法、意等语言在国外发表。其中，《北京折叠》甚至获得了世界科幻大奖雨果奖，作者郝景芳也因此成为第二位捧得雨果奖奖杯的中国科幻作家。

佳作纷呈，但篇幅有限。因此，关于本丛书的选编，有几点需要说明：

一、因便利性等原因，本丛书未包含中国港澳台地区的科幻作品，将来有机会另补一编。

二、21世纪第一个20年科幻创作繁盛，为尽量多收录中短篇佳作，本丛书未收录长中篇及长篇作品。

三、同样因为篇幅有限，无法收录很多作家的全部代表作，我们只能优中选优。

四、个别作品因为版权原因，故未收录。

五、本丛书的编选由我和慈欣共同完成。我初选后，交由慈欣审定。慈欣阅读量惊人，很高兴和他一起完成这项有意义的工作。

六、感谢所有入选作者对主编工作的支持，感谢福建少年儿童出版社对本丛书选编工作的大力支持。福建少年儿童出版社是一家有科幻出版传统的出版社，20世纪90年代推出的“世界科幻小说精品丛书”、六卷本的“科幻之路”和六卷本的“中国科幻小说世纪回眸丛书”均影响深远。希望福建少年儿童出版社每隔20年，都能出一套“中国科幻经典大系”，直到22世纪，汇编成蔚为大观的第二套“中国科幻小说世纪回眸丛书”。

目 录

◆第23届银河奖优秀奖获奖作品

无尽的告别

陈楸帆

我还清楚地记得那个早上，丽达从被窝里翻过身，看着我在镜前系领带，她的眼神有点迷茫。

“怎么了？”

“我做了个梦。”她迟疑着，寻找合适的表达方式，晨光在她肩部漂亮的弧线上闪烁。

“我梦见你要离开我。”

我笑了，但又马上收住。我整了整领带，坐到床边，俯身给她一个深吻。

“我永远永远不会离开你。除非我死了。”

她的表情告诉我，那正是梦里出现的景象。我当时告诉自己，梦总是反的，丽达的梦没有成真——事实上，比那要糟得多。

事情发生得毫无预兆。一阵疼痛突然攫住我脑子里的某个部分，像是咽下一大口冰激凌，像被没修剪的利爪钳住、松开，然后再更用力地钳住。财务报表从我手里滑脱，白花花地散了一地。保安关切地问我没事吧。没事的，我敷衍着蹲下身捡起那些纸片。

我打算上楼把它交给老板。在爬楼梯的过程中，我觉察身体的肌肉机械而僵硬，我尽量缓慢地踩上每一级台阶，同时抓紧扶手，但在此过程中，我似乎正从身体以外观察着自己，那不是我的身体，而是某个长得跟我一模一样的人形傀儡。

那个傀儡把材料交给了老板，然后把自己关进厕所的隔间，以为这样就能缓过来。

头疼得更剧烈了。然后像是一瞬间，整个世界开启了静音模式，所有细微的嘈杂的声响都消失了，我能听到的所有声音只是心底的自言自语：没事的，很快就会没事的。

自我安慰失效，情况变得越来越糟。我感觉不到身体的边界，像是与这厕所隔间的合成板墙壁融为一体，我在膨胀，不停膨胀，变得无比巨大，仿佛占据了整个 3.5 米层高的空间，甚至溢出这座建筑，向着宇宙深处进发。

我试图站起来，却发现双腿根本不听使唤。我哆哆嗦嗦地掏出手机，手指却僵硬得无法握紧。

好不容易打开拨号界面，我发现自己竟然无法读懂那些名字，那些本应熟悉的名字，此刻却像一堆堆乱码，毫无头绪。我无法控制住自己的恐慌。我这是怎么了！

我努力使自己冷静下来，我无法认出那些文字，但能记住那些颜色和形状，知道哪个按键代表最近的通话记录。上一个接听电话是来自公司前台的包裹通知。

我按下按键，期待那个无比甜美的声音出现，拯救我的性命。

“呜呜，呜呜呜呜。”

听筒中传来类似于动物呜咽的叫声。

“救命！我在八层厕所，找人来救我！”

我不顾一切地大喊，可从我口中传出的，却是同样的呜呜声。我绝望了。我挥起僵硬的手臂砸向隔间的门，期望有人能够听见。

门被砸开了，我由于用力过猛扑倒在地，却感觉不到疼痛，只是宁静，超乎寻常的宁静，像是所有的压力与烦恼都离我远去，不复存在，有那么一刹那我竟然觉得这样也挺好……

终于有人发现躺在厕所地板上的我，如此狼狈。

我被抬上担架，送上救护车，推进急诊室，我能看到穿着白大褂的医生和护士在我身上忙活着，巨大的无影灯吞噬了我的最后一点意识。

脑海里闪过的最后一个念头是，丽达。

我还活着，在某种意义上。

我的身体无法动弹，但还有知觉，脑子里不太疼了，但似乎浸透在一片噪音的海洋中，无法分辨哪些是有用的信息。我无法控制舌头和声带，能眨眼，能看见一个女人跪在我的床头，握着我麻木的右手，她的眼睛里有液体在滚动，她仿佛在说些什么。

我花了五分钟回忆起这个女人，这个从我5岁起就进入我生命的女人，丽达，我的爱。

医生和护士出现了，他们给我来了一针，噪音消失了。

“晓初！你觉得怎么样？”那是丽达带着哭腔的声音。

我的喉咙一阵发紧。

“王先生，非常抱歉，接下来我要告诉你的可能不是什么好消息，你要做好心理准备。”

这是那个医生，他拿出一个平板显示屏，上面是一个大脑的形状，被不同的颜色分隔成几块，中间那块出现了一个红点，红点慢慢扩散到邻近的区域。那是我失灵的大脑。

“由于突发性血管破裂，导致你的基底动脉脑桥分支双侧闭塞，双侧皮质脑束与皮质脊髓束均被阻断，外展神经核以下运动性传出功能丧失。你的意识清楚，但身体不能动，不能说话，你的眼球可以上下转动，不能左右转动。”

我试了试，果然如此。

这不是那该死的《潜水钟与蝴蝶》吗？

“闭锁综合征。类似，可并不完全一样。”

你怎么知道我在想什么？

医生指了指旁边。

你难道不知道我脑袋动不了吗？

“对不起，我忘了。现在的技术已经不需要人靠眨眼运动来逐个拼写单词了，我们可以根据你的语言中枢神经电流合成信息流，当然，也可以人工合成语音，只要你不觉得别扭。”

我想我需要时间适应适应，你刚才说什么不完全一样。

“现在才是真正的坏消息。由于某种罕见的原因，你的大脑外围皮质功能正在逐步丧失，你的知觉会一个个地被关闭，首先是嗅觉，最后是触觉，你的意识会渐渐模糊，直到进入昏迷状态。”

植物人？

“很遗憾，你说的没错。”医生深深吸了一口气，丽达的脸背了过去，显然她早已知道这个事实。

我还有多长时间？没有任何办法了吗？

“根据你的情况，我们推测你还有一到两周的时间。办法嘛，倒是有，不过需要冒很大的风险进行开颅手术，而且根据你的保险记录……”

而且什么？我突然醒悟过来。而且很贵，对吗？

我很清楚我们没有钱，没有那么多钱，我没有，我父母没有，丽达更没有。可如果我作为植物人活下来，花费将是个无底洞，我会拖垮他们的生活。事情本不该如此，至少不该来得这么快。

我可以死吗，医生？

“不！”丽达愤怒地拽着我的病号服。“我不许你死王晓初！不许！”

“很抱歉，安乐死在我国目前的法律下是违法的。”

求你了。让我们解脱吧。

医生摇摇头，离开了房间。

让我死吧。让我死吧。让我死吧。让我死吧。让我死吧。让我死吧。让我死吧。让我死吧。让我死吧。让我死吧。让我死吧。让我死吧。让我死吧。让我死吧……

丽达捂住嘴，逃出病房。我终于理解他们不启用语音合成装置的良苦用心了。

那些军人来的时候，我正在进餐。

由于吞咽肌已不受控制，我只能通过胃管直接吸入流质，反正我的味蕾也已不起作用了。我用想象力为那些黏稠的物体赋予美味，这确实是件有难度的事情。今天是宫保鸡丁和葱炮羊肉，我津津有味地含着那根塑胶管。

来了三个人，中间那位明显是头儿，他嘴上叼着一根烟。

“请不要在病房吸烟。”丽达毫不客气。

“没关系，我想几位长官也不会大老远跑到这儿来过烟瘾。”

他们觉得我的精神状态已经趋于稳定了，于是为我开启了语音合成功能，采用的是一位中年男播音员的波形，以至于每次说话时我总以为谁家打开了新闻联播。

“定制自己的波形也是可以的，只是很贵。”

他们出示了证件，并要求丽达回避，因为“以下谈话涉及高度军事机密”。

丽达不放心地看我一眼，我翻了个白眼表示“没事的，去吧”。

两名低阶军官随同她一起退出了房间。

他并没有做自我介绍，似乎觉得没这个必要，也许是军人开门见山的习惯。

“答应我们的条件，你或许还能活下去，我是说像个人一样有尊严地活下去。”

“什么条件？”

他停顿了片刻，似乎在脑子里做着选择题，这回他觉得有必要让我知情。

“三周之前，我们的‘哪吒’号科考潜艇在菲律宾海沟上方放出无人探测器，对约 10375 米深的沟底进行钻探取样，恰好遇上俯冲板块运动所引发的浅源地震喷发，于是对喷射物质也进行了采集。我们在其中发现了某种未知的蠕虫类生物，由于未及时进行增压保护，它一直处于类休眠的防御状态，也可能是命不久矣。但是，我们从中发现了智慧迹象，某种有规律的神经信号传递，某种意识拓扑结构。”

他看起来不像是个爱讲笑话的人。我努力思考着这重大发现与我可能存在的联系。

“所以，我们首先从地内而不是地外发现了人类之外的智慧生命。”

“我只能说，一切都是未知数。”

“你们要我做什么？”

“我们要你作为人类的大使与它进行交流。”

在意识里，我不怀好意地大笑着，我想起了“乒乓外交”的庄则栋，但从表面上看，我仅仅是眼球冷静地翻滚了两下。

“为什么是我？怎么交流？作为一个植物人？”

作为一个军人，他极好地控制着自己的语调，似乎早有准备，他说出了一个我早有耳闻却不明究竟的名词：“开窍计划”。我对这个计划最早还是从一道高考试题的阅读材料得知的。科学家们希望通过对脑神经活动的编码与转换实现电信号的输入及输出，真正成功制造出脑机接口。那道题我答得很烂。

脑机接口从来没有实现。

而照那位军官的说法，我们实现了更有意义的技术，超越语言基础的个体底层意识的“融合”。不同语言之间存在不可通约性，比如英语的

“sweet”和汉语的“甜”是否指的是同一种味觉刺激，无从知晓，但对于同一种物质，比如“糖”，所引发的神经冲动拓扑模式，却可以划归为一类。

“开窍”可分为“出窍”与“入窍”，当A的意识被完全模制到B的意识中时，他所感知与理解的世界，便是B所感知与理解的世界，完全超越了语言与文化的隔阂，实现了本体论意义上的“融合”。

这项技术最初在冷战中用来对战俘进行情报侦察。

“别问我具体怎么实现的，我不是那些疯子。”

“可为什么是我？”

“你以为你是第一选择吗？哈！我们已经烧坏三个‘灯泡’了。”军官眨了眨眼睛。

他们不知道人类大脑与蠕虫大脑是否具备可融合性，他们只是假设，既然存在于同一个行星上，便具有一定程度的同源性。很显然，他们的考虑欠周全。人类大脑通过左右半球对信息进行分工处理，而蠕虫似乎并没有这项设置，它的全脑模式瞬间烧坏了三名精英的脑桥和胼胝体。

“而我的脑桥原本就是失效的，你没法烧坏一个原本就坏掉的‘灯泡’。”

“你没有任何损失，之后我们会付你的手术费，植物人可没法提供有用信息。万一，我是说万一手术失败的话，我答应你，不会让你的家人受罪。”

我自然明白他话里的意思。

“我需要做什么？”

“家属签字。”他从文件袋里取出一沓纸。

我想我别无选择。

我被换到了特护病房，每天有警卫站岗的那种。据说原本应该把我空运到某个绝密的封闭军事基地，但考虑到我随时可能崩溃的大脑，几经周折，上级终于同意将实验地点挪到我所在的医院，全体医护人员自然同时进入了高度戒严状态。

视力下降得很厉害，精致的丽达在我眼中变成边缘粗糙的像素块，她不知疲倦地按摩着我的全身，似乎如此就能延缓丧失意识的进程，只是收效甚微。

那个吴姓军官花了不少力气说服丽达在协议书上签字。

他向她解释为何现在不动手术，如果现在把我脑中淤积的血块取出，我很可能会在“融合”过程中像之前的三件牺牲品一样，神经网络被冲击垮断，提前变成植物人。所以，必须在执行完任务之后，在颅内压升高到极限之前，进行开颅手术。

“为什么必须执行那项任务？”丽达近乎幼稚地质问。

“女士，我们不是慈善机构，您的丈夫也不是……”他很识趣地把后半句吞了回去。

我凝视着丽达，希望能把每一个像素都刻入失灵的大脑沟回里。我看得如此用力，以至于眼睑开始抽搐，泪水无法控制地溢出。

她签下了名字。

军官没有告诉她的是，我有极大的可能在任务过程中引发神经退化，产生认知障碍，加速记忆缺失，也就是早发性阿尔茨海默病。如果发生那种情况，她将会得到保险额度之外的一大笔钱作为补偿。这些写在补充条款里的内容，我想还是不要让丽达知道的好。

我想我是个自私的人。

身体在移动，光线从眼帘上掠过，有人紧紧地握着我的手，指甲嵌入肉里，似乎要长进我的体内。我知道那是丽达。几股强力将她拽开，指甲在皮肤上划出一道长长的疼痛。我竟然还能感觉到痛。

这痛或许便是我与她在这世间仅有的最后一丝联系。

门关上了。注射，插管，电极，头盔，倒计时。

我飘浮起来，像是天线突然扳正了方向，所有的感官澄澈锐利远胜以往。我面对面看着自己赤裸的肉体，以及并排着的那个密闭金属箱。这不是真的。这只是大脑产生的离体幻觉。我还好好地在自己的躯壳里，等待着那场荒诞的实验。

有那么一瞬间，我竟然产生了挣脱困局去寻找丽达的念头，然后一股强大的吸力袭来，我急速缩小，穿透那个金属箱以及数个夹层。我看到了它，那么脆弱，那么渺小，像一堆胡乱凝结成型的白色灰烬，无法分辨哪端是头部，哪端是排泄孔。我进入了它。

那个我所熟悉的世界永远消失了。

人类语言已无法表述我所处的状态。

我无法看见，却不是黑暗；无法听见，却不是寂静。似乎除了触觉之外的其他感官都被悉数剥夺，无法遏制的恐惧如潮水般冲击着理智，我开始明白为何前面三个人会丧失意志。一切都在混沌之中，感受陌生而强烈，甚至比五官健全时还要丰富敏感，但是你却无从把握其含义，所有与信息对应的意义都断裂了，留下的只是刺激本身。

最初的狂乱之后，恐慌逐渐消退，这是否就是我那颗残缺大脑的禀赋?

我醒悟，这便是它所感受到的世界。

它移动了起来，一种体积感占据了意识中心，温暖的流体标志出前进的方向，体下传来细腻的颗粒摩擦感，甚至能觉察地面微小的纹路与震动。尽管只有触觉，但其细腻的层次感竟丝毫不逊于人类的五感，我能体会到自己的意识与它缓慢磨合、对接、融入，事情的进展比想象中快了许多。现在，我能借助纤毛的颤动掌握周围空间的大致情况，但却始终无法掌握躯体的对应部位——没有四肢，没有前胸后背，没有头部，也没有脊柱，只有一种模糊不清的整体感。

残存的人类理智告诉我，这是在十数千米深的洋底岩层中，没有光，也没有空气，所谓的食物也许就是化能自养的微生物，拓扑融入帮助我适应了极大的压强，可存在本身并不体现任何的文明或智慧，它只是就这样发生了。

它向前移动着，我探知这是一条宽而浅的沟道，有着预定的方向，每隔一段距离会有分岔口，地面的凸起会有些微的差异，然后它会选择某个方向继续前进。

我假设这是某种道路系统。

那么它是有意识地选择目的地。它要去哪里，它是否意识到我的存在，我们为何会从医院的手术室来到这里——我毫无头绪。

它来到一块稍微空旷的区域，身体的某部分延伸出去，在一根棍状物上摩擦着，我能感觉到其上细微的颤动被吸收到体内，同时带来一种欣快感。我猜这是用餐环节。

纤毛觉察到附近有另一个个体在缓慢靠近，它们身体的某一部分相互贴合，如同双手紧握，接触面上有复杂的褶皱，之后一种熟悉感传来，我想它们互相认识，那褶皱或许便是姓名。

它们似乎在交谈，接触面上浮现各种隆起、颗粒与纹路，又迅速地退去，如同一场潮汐在瞬息间反复冲刷着岸边自动增殖的沙堡，在一阵密集交流后，双方都恢复了平静。

然后我感到了忧虑，从栖居的这具躯体中传来的深深忧虑。

科学家们对了，科学家们又错了。

我与它的感官相联，共享大脑皮质最基础的刺激与反应，甚至是一些情感的波澜，如果能够形成所谓对位拓扑结构的话。但我无法理解抽象概念，我无法体会那些超越了感官层面的思考与涌动，没有道德，没有哲学，没有宗教，只有世界的表象。

我像个附身的幽灵，飘荡在这无解的世界，更令人绝望的是，作为人类的自我意识在渐渐模糊、冲淡，我的时间不多了。

唯一的救命稻草，也许只有回忆本身。

在我忘记丽达之前。

我和丽达，是不被祝福的一对。

5 岁那年，我们曾有过短暂的相遇。那是在一家儿童医院的走廊里。我们被各自的母亲拽着，迎面擦身而过。我记得那股淡淡的牛奶味儿，在刺鼻的消毒水气息中稍纵即逝，我记得那晨光中蛋青色的墙壁，我记得她的栗色头发和苍白肤色，我记得，并坚信，我们会有再次重逢的一天。

那一天，医生告诉我母亲，由于某种先天性基因缺陷，我患上阿尔茨海默病的概率是 83.17%。

当时的我，对于这种平均发病年龄在 65 岁的疾病一无所知，我只知道，在头发脱落、牙齿松动之后，会有很严重的事情发生。就像在路标上警告前方 100 米处有陷阱，可你并没有别的路可走，而你在这条道路上所遇到的崎岖也不会因此有半分减免。

上天是公平的，母亲总是这样教导我，我信了。

她给了我一个快乐且漫长得似乎永远不会完结的童年。据说小孩子觉得度日如年，是因为大脑中存储的记忆长度还很短，因此每一天体验所占的比例较高；而随着年岁渐长，每 24 小时所经历的信息刺激在记忆中的比重逐渐下降，于是光阴似箭，于是人生蹉跎。

在我的脑海里，始终存在着一个 65 岁的时间点，我近乎病态地纠结于这中间约 60 年——21915 天的距离，像个明知道自己会在终点线前摔倒的马拉松选手，却不得不胆战心惊地迈开每一步。

有时候，我宁愿陷阱就设在离起跑线不远处。你永远不会懂得那种感觉，没人懂得。

我们重逢在大学入学前的体检，另一家医院。世间果然有些东西超越了理性和时间，在十年之后，我们一眼就认出了彼此，宛如上天的奇妙旨意。我看着她不变的栗色头发和苍白肤色，只知道笑，她已经出落成一个足以让人心跳加速的漂亮女孩。

那是一段疯狂而刻骨铭心的时光，像所有的年轻人一样，我们彼此相爱又彼此折磨。每次在激情顶点，丽达总会问我，你会娶我吗？而我总是保持沉默或有意打岔，我不能让她知道我有多么无法遏制地想要拥有她，我不能把一颗定时炸弹绑在她的人生上。这种折磨持续了四年之久，几乎抵消了哲学专业带给我的所有快乐。

毕业典礼那一天，她穿着学士服走到我面前，神情出奇地严肃。

她说：“我最后再问你一次，你会娶我吗？”

我知道她面临着选择，申请出国或者留下来。看起来她的决定取决于我的答案。

上天真的是公平的吗？我在心底痛苦地嘶吼，却不得不努力维持表面的平静。

我深深吸了口气，闭上眼睛，摇了摇头。我做好了一切心理准备，她可以打我骂我，甚至一语不发转身就走，从此消失在我的生命里，哪怕我为此抱憾终身。

我竟然笃信那是为了她好。

我睁开眼睛，一张检验单几乎贴在了我脸上。

“是因为这个吗？”她颤抖着问。

那是我 5 岁那年的基因检验单，可为什么会在丽达手里？

“我去了你家，跟你妈聊了很久。”她的眼泪掉了下来。

我咬咬牙，“你能想象有一天一觉醒来，我看着你，却认不出来，甚至连之前的所有记忆都完全丧失吗？我爱你，我不能害你。”

另一张检验单出现在我眼前。

“王晓初，这样能扯平吗？”她几乎是喊了出来。

我呆住了，看着另一张单子上熟悉的英文缩写和数字，她竟然和我一样，患有那种罕见的先天性基因缺陷——上天是公平的，以你意想不到的方式。

除了拥抱，除了亲吻，我想我别无选择。

从那天起，两枚炸弹被紧紧地捆在了一起。我们甚至开玩笑，打赌谁的脑子会先出问题，另外一人就必须拿保险赔付去帮他或她实现人生愿望。各自的愿望被写在纸上，封装到瓶子里，埋在某个花盆的泥土下。

我们以为还有很多时间，我们从来不互相告别，哪怕道声晚安。

人生充满了不连续的单独概率事件，我们忘记了每一天都可能是最后一天。

那是一种熟悉的感觉，如同丽达的手掌滑过我的身体，但要缓慢上千倍，你能感觉到那种微弱的酥麻一寸寸地移动，从表面，到内里，沿着一条既定的轨道匀速前进，抵达某个终点，又以同样的速率回到起点。开始我以为那是思念造成的错觉，直到两个循环之后，我才醒悟。

这是它的时间感。如同从丹田出发，经会阴，过肛门，沿脊椎三关，到头顶，再由两耳颊分道而下，会至舌尖，沿胸腹正中下返丹田的一个小周天。一个周天便是地球自转一周，一个昼夜。

我猜想那是类似鸽子辨识方向的功能结构，能够感应地磁场与重力的变化，毕竟这是在地球表面之下十数千米的深渊，地磁感强度会明显得多。

这是一种奇妙的感觉，我从未想过时间能够以肉体的方式进行标志。我努力地将沿途的敏感点与人体部位虚拟对应起来，哪怕不那么确切，却可以帮助我掌握时间。我将额头作为零点，四点时到锁骨，六点到胃，八点到脐，十二点到肛门，然后再反方向运行。

我用身体建起一座钟楼，却带来了意想不到的副作用。以前只知道味觉与嗅觉能触发回忆，但当其他知觉被悉数剥夺之后，代偿作用强化下的触觉竟与记忆产生了如此隐秘而强烈的关联。

两点半走过我的下巴，恍惚间仿佛颠簸在父亲凉硬的单车后架，那是我幼儿园每天必经的旅途。七点和十七点在幽门处，我在学校跑道上反复摔倒，膝盖在撒满煤渣的地面上磨出无数血肉模糊的伤口。

关联之间找不到任何逻辑，似乎是随机布下的锚点，任意钩沉，但每当我到达记忆点时，那具蠕虫身躯的深处便会传来阵阵不安或骚动。我这才想起，我能感知它所感知到的，反之亦然。

我们就像一枚硬币的两面，互为一体又永难相见。我能感觉到它的困惑与不解，竭力思索寻求答案，但是否这也是我自己情绪的折射？就像两面平行的镜子，源头无穷无尽。我开始明白所谓“融合”的含义，但却陷入了更深的孤独的困局。

它似乎找到了方法。

某种知觉在迅速膨胀，其他感官蜷缩到次要的位置，那是触觉里的一个分支，我只能一一排除那些我所熟知的——不是形状、冷热、快慢、质地——像是整个躯体被包裹于一枚无比巨大的蛋黄中，你能感到四面八方传来有节律的震颤，一种均匀的压力迟缓而坚定地迫近，仿佛有一只巨手捏着这枚鸡蛋，而它将无可避免地走向破碎。世界便是这枚鸡蛋。

我被那种巨大的压迫感深深震慑了，同时也理解了它与时俱增的忧虑。这个个体到底在它的社会中扮演着什么角色？倘若用人类的眼光来看，会为世界末日忧心忡忡的无非几种人，科学家、哲人、疯子——但愿它不是最后一种。

它在躯体上向我展示了一条触觉线路，似乎是由肌肉和皮肤的紧张感连续而成，看来它们对感官的控制已极尽精微。这是极其奇妙的感受，在体内形成的立体地图勾画出清晰的空间方位，它用一个刺激点表明我们所在的位置，如果我理解得没错，我们正处于地壳岩层的罅隙中，而目的地是一个相对的高点，接近以体表为象征物的上方岩壁，不是山峰，更像一座高塔。

它用一种略带颤栗的敬畏感来描述那个高点。

我突然明白了，它是个住持、神父或阿訇，总而言之，信徒，而高点便是它们社会中与神沟通祈祷之地。它需要神的启示，解答关于世界崩坏的预感，还有我，一个附在它身上的沉默幽灵。

那是一条漫漫长路，不知道我的意识还能不能撑到终点。

像是感知到了我的忧虑，它将那条线路拉直开来，比附到体表时间线上，大概是三个单位长度，也就是一天半的样子。我震惊于这种能够同时表达空间与时间的智慧语式，这是习惯于以声音和视觉沟通的人类所未曾掌握的技能。或许我还有机会。

我发现自己已无法回忆起丽达的面孔，一些感觉的残片飘在意识中，却无法找到对应的感官去重现。我还保留着她的体温、皮肤的触感、拥抱与亲吻的混合物、发梢拂过脸庞的瘙痒、湿润的气息、手臂上最后的一线疼痛。

我知道这些都将无法挽回地逐一消逝，甚至她这个人、这个名字也会像水面的皱褶，平复一如不曾存在过。

再漫长的历史，再强大的国家，再深刻的思想，都会在时间洪流中烟消云散，何况两段人生短暂的交叠。

可我甚至没来得及说再见。它是对的，我能做的只有祈祷。

我知道这是个梦。这个梦曾无数次地出现，我从来没有让丽达知道。

是一个早晨，我如常般先起床，洗漱之后在衣柜中挑拣。我看见穿衣镜中的丽达缓缓转过身，面向我，却是满脸的迷惘，然后，出乎意料地，她放声尖叫起来。我慌乱地扔下衣服，捧着她的面孔，问她哪里不舒服，可她口中却只是喃喃重复着三个字。

“你是谁？你是谁。你是谁！你是谁……”

我心里一沉，闪过的只有那个病症的英文缩写，定时炸弹提前引爆了，而我们都还没做好准备。我绝望地拿起电话，近乎崩溃地抓着头发，却不知该向谁求助，仿佛自己是世间仅存的人类。这时穿衣镜中的丽达眼中闪过一丝狡黠的笑，从背后把我一把抱住。

我知道你不会离开我的。我一触即发的愤怒却在这句话里融化无踪。此后，这个场景会时不时地在我的梦境里重播，不管我在入睡前与丽达多么缠绵，多么亲密，但在梦中，所有的理智都被一句“你是谁”彻底击溃，然后放大了无数倍的绝望、悲伤与孤单慢慢没过胸口，直到因呼吸困难而赫然惊醒。

但我从来没有告诉过她梦的内容。

没想到这竟是我在这个触感世界里唯一清晰的联觉记忆。

我学习着如何与它沟通，尽管仍然不得要领。对于它来说，这可能跟自言自语一样正常，但也可能像妖魔附体一般恐怖。感受着自己的身体不受控制地浮现各种凸起，伴随着莫名的情绪涌动，却不知其中含义，如果是人类，多半是要请个精神科大夫或者驱魔人的，而它却依旧保持冷静克制，至少给我的感觉如此。

沉默的时候，会从它身体深处传出持续的震颤，变换着频率和模式，带着繁复的节奏和配合，然后便有一种宁静的愉悦弥漫全身，我猜那是它们的音乐。

我尝试着去体会那种共鸣腔的感觉，类似于坐在按摩浴缸中，让水流慢慢没顶。

世界的压力日趋增大，现在我的脑袋就是那枚鸡蛋，无形的逼迫感让人疼痛、恶心，难以思考。我甚至怀疑自己会在这个世界崩坏之前先炸开。

那位不苟言笑的军官说，这事儿概率不低。我们还有大半天的行程。

打个不甚恰当的比喻，仿佛在一间黑屋中摸索前进，你对即将出现的事物一无所知，可能踢到椅子，撞到台灯，也可能迎面就是墙壁。在它的引导下，这个世界以怪异的方式展开。空间不可思议地在感官中变换着形状与相对关系，如同猫能以胡须测量宽度，它以纤毛的颤动勾勒出物体的尺寸。

这是一座远比我想象中要庞大复杂的地下城市。似乎按照地质条件，也就是岩面质地，分成若干区域，有些区域的情绪是“鄙夷”，有些区域代表“尊敬”，有些是“畏惧”；我猜它们也存在着阶层之分。有一些功能性的区域我无法理解其用途，似乎是运用重力和磁力进行某种表演，从而给身体紧密相连的“感众”带来愉悦感，同时达成某种精神上的趋同性。

蠕虫艺术家。我相信自己在意识中传出一阵大笑，因为它十分不适地调整了身体的姿势。

第一次经历它们的献祭仪式时，我的存在造成了不少障碍。它们是个体边界模糊的物种，那种彼此不分的状态让我不快。不仅如此，它们的个体意识也在互相融合，边缘模糊，以至于我像是个躲在暗处的偷窥者。对方感知到我的存在，犹豫着要退出这场仪式，我的宿主展开平和而强大的情绪场，抚平了对方的疑虑。

那只是我的第二人格。如果是我的话，我会这样解释。但它似乎给我赋予了更多神圣与崇敬的触感。

那是我此生最为诡异的体验，令人疯狂而眩晕。仿佛共有一颗大脑的连体婴，我感受到对方的温度、纹理和震颤，但同时也感受到来自自身的肌体刺激，我触摸着它也触摸着我，我包容它又包容我，像是一个置于音箱前的麦克风，回输信号被无限循环放大，推向神经冲动的极限。

在那“三位一体”的迷醉中，我触摸到更为遥远、古老而宏大的存在，像是穿越了幽暗的岩层和数万米的海洋，穿透了大气与辽阔无际的星空，穿行于时间与空间交织而成的躯体，仿佛所有的感官都恢复了正常，但只有电光石火般的一瞬。

那个存在说，一切都会终结，一切终结都需要仪式。我跌落回只有触觉的世界，我知道，仪式结束了。

随之而来的巨大的空虚和失落远超过人类所能想象的极限。我们曾为一体，如今各自分离。恍如躯壳悬于真空，割断了所有与外界的能量联系，一个感官的黑洞，无所依托，无法触及，没有意义，只是宇宙间一个孤独的物体。

就像梦中，丽达问出那三个字时我的感觉。认识论基础课上教的都是错的。知觉并非中介，我们并不需要额外的知识和心理加工过程来理解感官知觉所传递的刺激信号，那将导致循环论证。知觉本身就是意义，通过能量模式直接作用于意识本身，帮助我们理解自身与世界的关系。否则，我无法解释在我身上发生的这一切。它似乎已经习惯了这种巨大的落差，情绪迅速平复，然后继续前进。我猜测它们或许将永不再重逢，这个社会建立在流动之上，所有的个体都不曾停歇，也不愿留下踪迹，它们追寻着自己内心的触动，一直前进，并不在乎那些凝固的羁绊。

每次相遇都是无尽的告别，因而如此投入。

献祭仪式在旅途中又进行了数次，每次都让我记忆中残留的人类经验更加苍白浅薄，无论是欢聚、还是孤独。同时也坚定了我的想法，无论如何，我欠丽达一个告别，终结的仪式或是继续生活的开始。我需要它的帮助，不是为了活下去，而是为了告别。

这是一条感官的隧道。我看不见，听不着，身体漂浮在知觉之海上，缓慢地穿越时间的尽头，而一生的记忆却凝缩在须臾之间，从摇篮到坟墓，只隔一朵浪花。

那些能量的波动纷乱至极，又简约至极，每次穿透都明确无误地传递出一个信息：我正在死去。一如它正在死去。

旅途不断地发生畸变，仿佛被错乱剪辑的影片，时而反复跳回某个早已经过的岔口，时而逆向而行，那些本已熟悉的摩擦和空间重又陌生。时而加速前进，如同一枚棋子被捉起，飞快地掠过道路、山坡或沟壑，触感随之变得浓缩密集，接连袭来，让我不胜喘息。

这是世界崩塌的前兆吗？

我那稀薄的意识突然醒悟，只有一种可能性，能完全解释这一切。这趟旅途只是它的记忆回溯，仿佛濒死的人会看见生命快速重演。真实的它仍旧被囚禁在灰色金属箱中，渺小、脆弱、安静，如即将熄灭的余烬。而我是中途强行上车的不速之客，给它带来困扰，尽管这种困扰只作用于回忆。真的仅是如此吗？

我已无法分辨哪种不安来源于世界即将毁灭的预感，哪种压力来自颅内压迫近极限的恐慌，我相信它也不能。或许是两种感觉的叠加效应？如果没有我的存在，它是否仍将义无反顾地奔赴接近神的高点？去祈祷、忏悔或者探寻这世界完结的真相？

在已知的时间线里，它的世界将被一场浅源地震所摧毁，而它将在接近地壳的高点处随着喷射物质被人类机械掳获，难逃一劫。而在回忆的时间线里，它将搭载着我逐渐消逝的意识，共赴毁灭。

我的预感，或是它传递的情绪告诉我，它将随它回忆中的母国一起死去，不再回来，这便是它最后的告别仪式，一场记忆之旅。

我是见证，亦是牺牲。它表达了深深的歉疚。我别无选择。我替它配上台词，同时也是我的独白。

我明白的。

命运把我们抛掷到无法理解的境地，而我们所能做出的回应，无非一个姿态，一种仪式，体面地接受失败，鞠躬离场下台。我似乎遗漏了什么重要的事情，却怎么也想不起来，意识就像生命力一样在世界的收缩震荡里变得稀薄离散，像风拂过水，留不下痕迹。

我们终于到达高点。

身体是静止的，可世界却像在疯狂旋转，所有的方位感消失殆尽，意识模糊，无法集中。我猜这是高点地磁场紊乱弱化的缘故。

开始只是水平旋转，然后垂直，最后是不定向的轴旋转，仿佛苏菲教派穆斯林的旋转舞仪式，舞者右手朝天通神，左手指地通人，不停旋转至意识不清，便是与神最近之时。

没有我，没有它，也没有身体与世界的界限——野火在烧，鸟群拍翅离枝；巨鲸跃出海面又落下，卷起浪花和旋涡；雪花触及皮肤，滋滋融化；我没有眼睛，没有耳朵，没有鼻子，没有嘴巴，一切却栩栩如生到极致。

我在蛋壳中，我在海中，我在铅与火的洗礼中，即将破碎。

我膨胀，溢出了蛋壳，溢出了海洋、天空以及万物的间隙，我便是万物。

在这场宏大的风暴中，有一根小小的细须，轻轻地从我的意识中抽离，在完全断裂的瞬间，它似乎有点不舍，粘起小小的凸起，重又放开，像是一次人类的握手。

我知道，这次将是永别。

蛋壳碎了，旋转减缓了，膨胀停止了，然后是猛烈、急速、无尽地收缩，如恒星坍塌，如地铁穿越隧道，如精子游入子宫，如浴缸拔掉塞子，像是要把万物都塞回某个渺小、脆弱、安静的容器中，这个过程如此漫长，以至于连时间都失去了弹性。

然后，我看见了光。

我还能记得那个早晨，睁开眼，丽达就在那里，冲我一笑，帮我起身，穿衣，洗漱。

我能走，走得不好，我能说话，说得也不好。医生说，这需要时间。

丽达带我上街、逛公园、买菜，我假装对一切习以为常，熟视无睹，其实心里充满害怕。那些突然出现在马路拐角的铁皮家伙和刺耳的声响都让我心跳加速，我恨不得就地躺倒，再也不起来。但丽达总是紧紧地攥着我的手，一刻也不放松，不管是过马路、等红绿灯，还是在和小贩讨价还价的时候。

我们一起回家，等着她把饭菜做好，吃饭，然后她会给我读会儿报纸，我多半听不明白外面到底发生了些什么事情，只是若无其事地点点头，假装明白，然后哆哆嗦嗦地滚回床上打个盹儿。

醒来的时候，她多半在花园里忙活着，浇花、松土、除草。午后的阳光是黄铜色的，打在事物上像是老照片的效果，我好像记起来些什么，又立马忘记了。

“你是谁啊？”我大声说。

“丽达。”她没有抬头，继续手里的活计。

“那昨天是谁啊？”

“也是丽达。前天、明天、后天、大后天，之后的每一天，都是丽达。”

我点点头，坐下。我一直以为每一天都是一个不同的女人，有着不同的名字。我的脑子不太好使，和我的膝盖一样。

“丽达……我以前也认识一个叫这名字的姑娘。”我像是说给她听，又像是说给自己听，“可她没你这么多皱纹。”

她停了下来，回头笑了笑，皱纹显得更多了。

“你还记得她的模样吗？”她问，鼻尖的汗珠闪烁着金光。

我使劲想了想，摇了摇头，“我是怎么变成这个样子的？”

丽达拍拍手，站了起来，“你动了个大手术，昏迷了很多天，他们都以为你没救了，可你又醒了，带着这个姿势。”

她举起右手，拇指微屈，其余四指并拢，高于头顶。

“这是什么？”

“像是在说‘你好’，又像是要道别，你说呢？”

我想了想，说：“应该是‘你好’吧。”

她笑了，说：“我也是这么想的。”

“你好！”她使劲地挥了挥手。

虽然有点傻，但出于礼貌，我还是缓慢地举起了手，在黄铜色的阳光里摇了摇，光裹在手背上，暖洋洋的。

“你好，丽达。”

至高之眼

滕野

正午的阳光明亮而毒辣，秦枝穿行在庞大的城市里，汗流浃背。四周的神庙巍峨庄严，不同于古埃及平民居住的低矮平房，这里到处装饰着华丽的浮雕、高大的塑像和五人才能合抱的巨柱。当然，无论在城市的哪个角落，最显眼的景物始终是城市中央那座高耸入云的方尖碑，碑顶悬浮着一只硕大的眼珠——“至高之眼”。

秦枝又转过几个弯，终于找到了自己的目的地。她吸了吸鼻子，不会错的，是这儿，这里空气中的香味比任何地方都更浓烈，只有防腐师的工作场所才会需要这么多香料。

秦枝撩开殡仪馆入口的帘子。

“女士，这里不接待访客。”一个戴着胡狼面具的男人迎上前来。

“你是‘阴影’？”秦枝开门见山地问道。

男人一愣，随即侧身给她让路，“进来，小姑娘。”

“我想成为夜游人。”秦枝进屋后毫不拖泥带水，直接道出来意。

“这不合法。”男人摇了摇头。

“合法？”秦枝一愣，随即捧腹大笑，“这儿有任何一样东西是合法的吗？”

“那不一样。”男人争辩道，“‘默许’和‘禁止’之间的界限非常清晰，胆敢越过雷池的家伙……”胡狼面具后响起一声轻笑，他朝四周挥挥手，几名防腐师正忙碌地将逝者们的尸首装殓，制成木乃伊——古埃及人相信这一仪式是通往永生的必不可少的环节。但看到这一幕，秦枝并没有任何神圣庄严的感觉，只觉得不寒而栗。

她重新把目光转回面前的男人身上，男人的装束俨然是那位接引亡灵的死神——阿努比斯。

“你刚才说‘这不合法’，而非‘这办不到’。”秦枝依旧没有放弃。

一刹那间，她觉得那张胡狼面具后面的眼睛放出了危险的光芒。“你的洞察力很敏锐，确实是当夜游人的料子。”男人又仔细打量了她一会儿，终于说道。

“谢谢夸奖。”秦枝平静地回应。

“我不知道你是怎么打听到这里的，我也没兴趣刨根问底。”男人摸了摸自己光滑的下巴，“可有件事必须先说清楚，所有追求‘空白模组’的夜游人……无一例外，最后下场都很凄惨。”

秦枝欲言又止。

“你觉得自己能承受？哈，我们走着瞧吧，小姑娘。”男人说着，转身从架子上取下一只小陶土瓶。

“这是什么？”秦枝接过瓶子，里面盛满了淡蓝色的液体，她用力晃了晃，分量很沉。

“一个能让你继续走下去的模组。”男人简单地回答。

秦枝没有继续追问，她从衣摆下取出一只玻璃滴管——一件明显不属于这个时代的产物。她从陶土瓶中吸了一管淡蓝色液体，然后仰头往双眼中各滴入一滴。

世界在她眼前溶解、崩溃，秦枝的瞳孔仿佛变成了失焦的镜头，一刹那间，她视野中只有一片模糊的白光。随后白光暗淡、消散，景物重新清晰起来，她面前的男人变成了中世纪医生的模样，戴着一张诡异的鸟嘴面具。

秦枝环顾四周，殡仪馆已经消失不见，取而代之的是一块月光下的墓园，空气中香料的味道也变成了翻开的泥土所散发的清新气息。

“无论在什么模组里，你都会戴着面具吗？”秦枝问面前的男人。

“没有点儿神秘感，别人就不会叫我‘阴影’了。”男人再次耸耸肩。

“没人知道你的长相？”秦枝又问。

“有啊，‘至高之眼’。”男人伸手指指墓园外的天际，遥远的城市中央，矗立着一根巨大的十字架。即便从这么远的距离望过去，也能看清十字架顶端飘浮的那只眼睛。

秦枝沉默了一会儿，“这东西可真烦人。”她终于低声说道。

男人竖起一根手指放在唇边，“小声点儿，说不定海洛蒙公司还在哪儿藏了一只‘至高之耳’呢……我可不想让执法者找上门来。”

秦枝没有拖延，告别了“阴影”，离开墓园。

路上，前方的地砖不停亮起白光为她指引方向，她就像一只老鼠，在夜色的掩护下钻入小巷，不停向城市深处前进。

迷宫般的小巷尽头是一间药店。秦枝迟疑一下，推开门走了进去。

“夜游人？”正在打盹的老板惊醒过来，问道。

“你怎么知道？”秦枝有些讶异。

“很简单，这家店只存在于给夜游人引路的模组中啊。”老板微微一笑，“我很久没有见到客人了……”他说着，递给秦枝一只玻璃瓶，“想好了，小姑娘？”

秦枝以行动给出了回答。她用吸管汲取瓶子里绿油油的液体，滴入瞳孔。

短暂的失明之后，药店变成了一家小酒馆，老板背后的架子上堆满了尚未开封的酒坛，香气醉人，很难相信几秒钟之前那里还是各种泛着怪味儿的药剂。

秦枝走出门外，中世纪的街道被中国唐宋时期的建筑所取代，沿街都是高门大宅，屋檐下悬挂着一排红灯笼，照亮了那些摆放在门口镇宅的石狮。

秦枝抬头望向远处的城市中央，那儿不再是巨大的十字架，而是一座刺入云霄的佛塔，灯火通明。唯一不变的，只有依旧飘浮于塔顶的“至高之眼”。

地面再度亮起白光，为她指示方向。此后的数个小时里，秦枝穿梭在城市各处，在每一段旅途的终点都要更换一次模组。她走过苏格拉底时期的雅典、恺撒治下的罗马、刚刚修筑好空中花园的巴比伦、三月里烟花满城的扬州……

最后，秦枝在里约臭气熏天的贫民窟里停下脚步。从踏入这里开始，地面就不再亮起指示方向的白光，她有些茫然地站在道路中央，不知这是否意味着自己已经到了终点。

一个年老的乞丐拄着拐杖，慢腾腾地沿着街道挪动。经过秦枝身边时，他停了下来，“夜游人，嗯？又一个追求空白模组的傻瓜？除了你们，没人会找到这里来。”他的声音里充满了讥讽。

老乞丐抖抖身上那件脏兮兮的袍子，摸出一只盛满了黑色液体的小滴瓶，塞给秦枝，说：“你知道该怎么做……”

秦枝把黑色的模组液滴进眼睛，一瞬间，她觉得眼球正自内而外熊熊燃烧。她蹲下身，抱着头痛苦地大叫。

老人冷冰冰的声音响起：“叫够了没有？你的嗓门简直能把所有执法者都吸引过来。”

疼痛感终于稍稍减轻，秦枝睁开眼，发现自己正站在一座辉煌壮丽的城市中央。她面前是一座庄严的凯旋门，一条大路穿过门洞直通城市中央，那儿矗立着另外一座宏伟建筑，其顶端是个巨型穹顶，穹顶上方的空中飘浮着“至高之眼”。

她身边的老人换上了一套笔挺的军装。“欢迎来到阿道夫·希特勒梦想中的第三帝国首都——日耳曼尼亚。”老人手中的拐棍变成了一根雕饰华丽的手杖，他挺直腰杆笑眯眯地说。

“这就是空白模组？”秦枝疑惑地问，这和她的想象差得太多了。

“不，这是我收藏的一个模组，我管它叫‘暴君之城’。”老人挥了挥手杖，向前走去。

“你是谁？”秦枝紧跟上去。

“我知道你有很多问题，小姑娘。”老人伸手拦住正要连珠炮般发问的秦枝，“我会满足你的好奇心，但首先……给我一个你到这里来的理由。”

秦枝思忖了一会儿。理由？为了一个虚无缥缈的传说吗？为了那个甚至不一定存在的空白模组？

她抬头望了一眼天际线上的“至高之眼”。她知道那眼睛只是个摆设，是海洛蒙公司印在所有模组里的标志，也是他们力量的象征。真正的“至高之眼”，在每个人的虹膜里面。

想到这里，秦枝下意识地摸了摸左肩上的伤疤。每个新生儿在出生后二十四小时内都要被注射一针“银剂”，那是一种混合了纳米机械单元和神经递质的液体，银剂将改造新生儿大脑的神经中枢，确保所有人从出生起就连入模组城市。银剂会在肩膀上留下一块闪亮的伤痕，被称为“银疤”。

海洛蒙是个伟大的公司，秦枝也不得不承认这一点。他们开发的模组可以让人们随心所欲地生活在各种风格不同的世界里。有怀旧情结的人，可以选择历史模组，成为罗马或雅典的市民；喜爱冒险的人，可以选择奇幻模组，居住在由魔法和巨龙守护的城堡里；想象力发达的人，还可以选择科幻模组，他们眼中的城市，将充斥着高塔、悬浮车、玻璃幕墙与发射架……通过将模组液滴入眼眶，银剂中的纳米单元会在神经与血管里进行改组，刺激感官，令大脑接收到与模组相符的视觉、听觉以及触觉讯号。

海洛蒙公司一手创造了这座城市。为了约束人们在模组世界中的行为，他们监视着每个人。监视手段很简单，纳米单元会把所有人视神经接收到的讯号传回“至高之眼”下面那幢直入云霄的建筑——海洛蒙公司总部。

摄像头就是每个人的眼睛。

“我想要真相。”秦枝终于说道。

“真相？”老人愣了一愣。

“我想知道城市的真正面目。”秦枝老老实实地说，“所有的历史资料都只记录到公元2000年左右，自那之后到现在的历史，是一片空白。这中间究竟发生了什么？”

“你只是因为好奇？”老人哈哈大笑，“我见过许多夜游人，他们的目的可比你高尚许多，有些人为了‘自由’，有些人为了‘隐私’，他们都义愤填膺，发誓要推翻海洛蒙公司的暴政。”

“暴政？”秦枝有些茫然。

“你喜欢历史，那咱们就来谈谈历史。”老人的手杖敲打着洁白的地砖，道路两侧矗立着巨大的雕塑与华丽的街灯，“希特勒战败前曾有个宏伟的计划，他要把柏林建设成有史以来最伟大的首都。这座凯旋门的高度是巴黎那座的两倍。”老人指指头顶巨大凯旋门投下的阴影，“而前面的大会堂，尺寸是罗马圣彼得大教堂的两倍。”老人又指指远处高耸入云的穹顶，“大概几百年前，有个叫费拉洛夫的人创办了一家游戏公司，他坚信通过改进VR技术，能让人们眼中的世界变得更加美好，包括不费一砖一瓦就能建成日耳曼尼亚这样宏伟的城市。他的VR游戏很成功，让人们身临其境，在虚拟世界中不能自拔。有人痛骂他的技术是新型毒品，是海洛因，是有害的荷尔蒙。费拉洛夫反而觉得很自豪，干脆把两个词结合在一起，将公司改名为海洛蒙。”

“再之后呢？”秦枝追问。

“战争、权谋、交易，再加上人类历史上一些司空见惯的肮脏手段，世界就变成了这个样子。”老人简短地说，“所有人都进入了海洛蒙公司的VR城市，只需要更换模组就能体验任何一种生活，自那时以来，已经数百年没有发生过战争。”

“但这是一种欺骗……”秦枝说。

“所以才有了空白模组的传说。”老人笑道，“有人说，空白模组是一种能暂时抵消银剂作用的模组液，让人看到真实的世界……不过我可以告诉你，没这种玩意儿。”

秦枝已经有了心理准备，因此并不意外，“那除了空白模组以外，有没有能看到‘真实世界’的方法？”她问。

“有，很残酷。”老人停顿了一下，又从口袋里掏出另一只小玻璃瓶，瓶中盛满了鲜红的模组液。“换个地方说话，执法者快要注意到咱们了。”

秦枝将模组液滴入眼睛，再睁开眼后，她发现天际线上最高的建筑变成了一座层层向上收缩的圆塔，塔顶飘浮着“至高之眼”。

“苏维埃宫。”老人变成了苏军军官打扮，他指指那座巨塔，“这儿是斯大林设想中完美的莫斯科，充斥着雄伟建筑的莫斯科。”

“请问，为什么我们非得频繁更换模组？”秦枝终于忍不住问道。

“海洛蒙公司无法区分清醒时的视觉讯号与梦境中的视觉讯号。”老人回答，“我们想避开‘至高之眼’的监视，只有两个办法。第一，是在移动与交流中不停更换模组，这样公司的服务器才会把接收到的讯号判定为混乱的梦境，而不会通知执法者。我们就如同是在夜色与梦境中出没的人，所以才叫夜游人。”

“那第二呢？”秦枝又问。

“很简单，捅瞎自己，废掉监视器。”老人调转手杖做了个刺向眼睛的动作，“想要看到城市真面目也只有这个办法，在刺穿晶状体时，巨大的疼痛会切断银剂的欺骗讯号，让肉眼见到真实世界。”

秦枝沉默了一会儿，拔下两根发簪。

“你认真的吗，孩子？”老人吃惊地问。

秦枝没有回答，忍着巨大的疼痛捅瞎自己的双眼，眼眶中血泪齐流。

莫斯科的景色渐渐暗淡下去，一大片一大片与建筑物尺寸相仿、蓝绿相间的巨型立方体在那些高楼的位置上浮现出来，仿佛一片没有生机的森林。

剧痛之下，秦枝在失明前努力把目光投向远方的城市中央——

那里什么都没有。没有塔楼，没有巨像，没有穹顶，更没有那只“至高之眼”。只有一轮夕阳悬挂在地平线上，暗淡、无趣。

“孩子，欢迎正式加入夜游人。”老人的声音传来，“你看到的蓝绿色建筑，是海洛蒙为了方便 VR 投影而采用的绿幕。现在，你真正进入了夜色——我们将一起为真相与自由而战，我们的敌人就是海洛蒙公司。”

数日后。

“近来有何收获，老先生？”

“前几天，有个小姑娘找到了我。”

“我见过她。你怎么做的？”

“老办法，‘阴影’。在我的模组里，她自以为刺瞎了自己，但其实我只是暂时切断了她大脑中的银剂讯号——银剂讯号一断，意味着视觉就没了，根本不存在看见‘真实世界’一说。”

“真是个好奇的孩子……太不让我们执法者省心了。”

“夜游人早就成千上万了，加她一个也不多。无非是又要费上一番手脚，为他们再创造一个反抗公司的情景模组罢了。”

“人们总觉得自己生活在骗局中，他们关心的不是真相，他们只是需要一个与他们从前所见不同，而又合情合理的解释。”

“没错。暴力掩盖是最愚蠢的。聪明的做法是给他们一个了解真相的‘希望’，越虚无缥缈越好，这样他们找到了‘真相’之后，就会愈发坚信不疑。”

“就算被识破，我们还可以继续制造新的‘真相’。他们永远无法从这根链条中挣脱出来。”

“那我们自己呢？我们自己是否生活在这种‘真相’里？”

“如果你想过得开心些，就别去和‘至高之眼’闹别扭。少思考哲学，老先生，否则我就不得不对付你了……”

赵师傅

张冉

一位平凡的时间旅行者的故事

1

这天下午赵师傅准时踏着枯黄的草坪走来，我下意识拿起手机看时间：两点三十分，一秒不差。他转过贴满小广告的电线杆，抬手打招呼，把手里拎的餐盒轻轻放在我坐的长凳上，说：“张师傅，菜还热乎着，赶紧吃。”

我问：“赵师傅，忙完了？坐下歇会儿。”

他答：“最后一单了，歇会儿。”

我掰开一次性筷子吃宫保鸡丁盖饭，他坐在对面，掏烟盒弹一根“黄鹤楼”点燃。这时蛋蛋从灌木丛里窜出来，披着满身草梗树叶疯跑，我唤了它一声，两岁的中华田园犬撒着欢奔来，在我和赵师傅两人之间转圈。

赵师傅咳嗽一声，说：“那个，张师傅，明天中午要是遛狗，别到南区的水池那边。有点……不好。”

我瞧他：“什么不好？”

他伸手逗弄蛋蛋，说：“就是不太好吧。”

我就笑：“赵师傅还会玄学呀，家传的？”

他摇摇头，用烟头指点这个破败的经适房小区：“我不懂那些，就跟你说明天中午别去那边，你到北区就没事。别靠近水池。”

“会有什么事？”

“嗯，也没啥事。”

他欲言又止，我却再问不出来什么。

2

那段时间我失业赋闲，靠点储蓄过日子，每天打电脑游戏到凌晨两点，然后一觉睡到隔壁小学敲响午间下课铃。要不是蛋蛋憋尿到极限在客厅哀嚎，我能一直睡到新闻联播时间，我这个人没什么长处，在学校学的忘个干净，工作久了更难长进，文不能测字，武不能卖拳，既缺理想，又没斗志，原打算混吃等死干到退休，谁知公司比我死得还早，回过神来，已经成了以睡觉为主业的社会边缘人，跟两岁的公狗相依为命。这日子过得跟北京的冬天一样死气沉沉，不过在存款用完之前，我懒得想其他事情。

每天中午我带着蛋蛋在小区里遛两个小时，我戴耳机玩部落战争，在步道上慢慢走着，它前后乱跑，经常不见踪影。这小区住的大半是老人，中午吃过饭抱着京巴、西施睡午觉，我不担心打扰别人，也乐得没人打扰。

下午两点多，溜达累了，我会叫个外卖在楼下吃。固定在那么几家饭店订餐，时间久了，外卖小哥也就固定了，我一般很难记住他们的名字和脸，只对赵师傅记得分明。那天他踩着咯吱作响的草地走来，远远地举起鱼香肉丝盖饭，说：“张师傅，你的外卖到了，趁热吃。”我当时笑起来，因为多年没听过这种称呼，小时候城市里叫师傅是种尊敬，因为工人挣钱多地位高，现在大家都是先生和老板，师傅似乎变成修自行车和配钥匙行业的术语了。

我看看外卖软件显示的名字，应道：“赵师傅，谢谢。”

他四五十岁年纪，北方人相貌，眼袋和皱纹很重，显得愁苦，笑起来也不舒展。聊过几次，得知他老家在河南，跟媳妇在卢沟桥租间平房开小卖部，没孩子，烟瘾大，抽软包的黄鹤楼，去年七月开始跑外卖，刚开始挣不着钱，现在升到黄金骑士，送一单赚一块六，每天跑勤快点，够吃够喝。

我有点宅，不大跟人交流，不过跟赵师傅能聊几句，一方面每天中午见面，熟悉了；一方面觉得他身上存在某种奇怪的特质，不由自主想多了解一点。我通常坐在南区配电室旁的长凳上吃午饭，从小区南门进来的人要到达这里，必须穿过一片脏脏的草坪——名义上是草坪，由于无人打理，只剩东一蓬西一簇的杂草，垃圾和狗屎遍布其间。外卖小哥一般宁肯绕行旁边的石板路，而老赵从初次登场时就走捷径，他脚步轻快地穿过草坪，灰色休闲鞋没有沾上一点污渍。

我当时问："不怕踩到脏东西吗？"

他答："不怕，瞧着呢。"

第二天中午我在同一时间订了午餐，留意瞧着老赵，他拎着饭盒走进小区，眼睛平视前方，每一步都踩在草坪干净的地方，步伐之精准犹如机器人在电路板上焊接电子元件。他走到我面前，递上餐盒："张师傅，饿了吧，趁热吃。"

我说："你根本没看路啊，经常来这个小区吗？"

他答："来得少，来得少。"

接下来的日子，我在他身上发现更多难以解释的事情：他的电动车从不出故障，他的休闲鞋永远干干净净，下雨天他总提早穿起雨披，保温箱里的饭永远是热的，我连续三天在相同时间订餐，他送餐来的时间居然也完全相同，误差在 1 秒之内。甚至有一次，我们在聊天，他忽然毫无征兆地向左侧跨了一步，一泡鸟粪随即落下，砸在水泥地上，溅开。我当时惊奇地站了起来，赵师傅却显得诧异："咋啦，张师傅？"他根本没意识到那是多惊人的举动。

一个普通到毫无特点的中年外卖员。一个谜。

如果我的好奇心像十几岁时候一样旺盛，一定会对他刨根问底，然而现在的我对活着这件事本身都缺乏兴趣，探寻其他人的秘密，对我来说太过劳累了。

毕竟对现在的我来说，外卖员只是送来食物的人而已吧。日子一久，也就习惯了。

3

赵师傅指点我“别去南区的水池”，这有点奇怪，我们每天生命有五分钟交集，不可能成为知心朋友，也没熟到随便开玩笑的程度。吃完外卖，饭盒一丢，我把这事抛在脑后，回家玩游戏看剧睡觉，直到第二天上午在蛋蛋的哀嚎声中醒来。

时间是十一点整，掀起窗帘看看，一样是个雾霾天。我上厕所洗脸刷牙，抓抓头发，睡衣外面套上羽绒服，带着蛋蛋下楼。

蛋蛋是从前合租室友留下的，他离开北京去广州发展，留给我一条狗、一部电脑和一年房租，说狗没法上飞机，电脑太重不想带，房租是拜托我照顾狗和电脑的报酬，等他在那边安家立户再回来接蛋蛋和电脑，我说不准他是慷慨、绝情还是缺心眼。他走后四个月，我光荣失业了，现在住着他租的房子，玩着他的电脑，遛着他的狗，有时觉得是替远在南方的他过着北方的生活。

蛋蛋的缺点是一出门就钻树丛，很难管教，优点是不敢远离我，我玩着游戏慢慢往前走，它总会追上来露个面。这天我沿平素的路线，从北区绕个大圈到南区，穿过社区活动中心，向午餐地点走去。打完一把游戏，我抬头看看，正好走到南区的小喷泉附近，这个喷泉在我记忆里从来没喷过水，夏天一池绿藻，冬天半塘脏冰，除了养蚊子，看不出有什么作用。蛋蛋怕水，从不靠近水边，今天却追着什么飞虫之类，中邪一般向水池猛冲过去。

这时我猛然想起老赵的嘱咐，大叫一声："蛋蛋！"

蛋蛋已经跃入池中，在黑灰色的冰面跑了几步，回头瞧我一眼，我清楚看到一圈裂纹在它脚下绽开，耳边响起冰层噼噼啪啪的绽裂声——尽管明知以我所处的位置，不可能听到冰面破碎的声音。我向前跑了几步，蛋蛋已经消失在水池里，水面旋转着一团碎冰和泡沫。"笨蛋！"我发怵狂奔。忽然一根竹竿噗地刺破冰面，向上一挑，蛋蛋的身形就显露出来，它在水中猛烈扑腾，借竹竿的帮助游到岸边，嗖地蹿了出来，跌倒在杂草里。

老赵丢下竹竿，我才发现他身穿雨衣站在水池旁边。

"老赵，你怎么，你怎么知道……"我发觉自己有点结巴。

蛋蛋疯狂甩着身上的水，老赵侧过身子，任水滴打在雨衣上。"说了也不听，唉。"他叹口气，显得有点失望，"知道你不听，我只能过来。"说着话，从雨衣下拽出一条旧毯子丢给我。

我接过红底绿花的绒毯，蛋蛋就尖叫着冲过来，一头扎进我怀里，像刚出生小鸡一样瑟瑟发抖。"怂货！"我用毯子揉着狗脑袋骂，"看你还敢乱跑，这下老实了吧，老实了吧！"

老赵点起一根黄鹤楼，举起手中的塑料袋："给你带了蒜薹肉丝盖饭。"

我抬起头："你怎么知道我今天中午想点蒜薹肉丝？"

他说："嗯，今天中午就不接单了，咱俩聊聊吧。"

"我家里有酒。"我说。

"我知道，我带了花生米和酱牛肉。"他说。

我决定无论赵师傅说什么，都不再感到惊奇了。

他好像什么都知道。

4

进了家门，蛋蛋一头钻进我用硬纸板做的狗房子，任凭怎么叫也不回应，哼哼唧唧发着抖。我丢几根牛肉条进去，不再管它，跟赵师傅支好餐桌，摆上菜肴，从厨房找出大半瓶牛栏山二锅头。酒是以前合租室友当料酒做菜用的，不过看起来还能喝。

我们吃蒜薹肉丝、花生和牛肉，喝了两口酒，我从书柜里翻出珍藏已久的古巴雪茄，赵师傅说："潮了。"我撕开包装一看，果然潮了，闻起来像发霉的袜子。

我们点上赵师傅的黄鹤楼抽了一根，喝几口酒，又续上一根。他终于决定开口："嗯，张师傅，我知道你是个实诚的人，不爱瞎说，我跟你说的事儿，你听听就算，你要出去瞎说，别人也不会信。"

我不擅喝酒，有点脸红心跳头发晕，听到这话，倒清醒了一半："赵师傅，今天不管你说什么我都信，我算是服了。你是能未卜先知，还是心诚则灵，天生有先见之明，还是……"

他苦笑，眼角的皱纹向下垂着："都不是，我啥也不会。"

"我不信。"

"真的，我要是会玄学法术之类的，就不送外卖了，夏天热，冬天冷得慌，不容易。"

"那你怎么知道将来要发生的事情？"

赵师傅举起一次性纸杯跟我碰一下，抿一口白酒，"我不会算，不过我看见过今天这些事儿。我跟你喝过酒，喝的是二锅头，用的是一次性纸杯，酒放时间长了，滋味有点淡。”

“咱们什么时候喝过？”我咂咂嘴，这酒确实有点跑味了。

他摇头：“对你来说，没喝过。对我来说，喝过不止一次。”

“这话怎么说？”

“我的脑子，跟别人不一样。”他举着杯，拿指关节敲自己的太阳穴，“从小没觉得，从啥时候开始的？从我媳妇得病那时候开始的。”

我说：“超能力？”

赵师傅说：“啥超能力，超能力我还送盒饭。我是脑子走得比身子快，身子没动弹，脑子就把什么事儿都做完了，那话咋说咧？黄连抹猪头，苦脑子。”

“这话又怎么说？”

“我结婚早，从家里出来也早，十七岁带着媳妇到武汉打工，我在工地搬水泥，她在工地做饭，武汉、长沙、上海、太原、呼市、惠州、深圳、北京，去过不少地方，挣了些钱，没学到东西，一直当小工。到北京的时候，房价赶不上现在的十分之一，还不限制买房，我们计划开个小饭馆，她炒菜做面条都拿手，我干活不怕累，等挣了钱买个房。想得多好。饭店没开起来，她病了，开始说是腰疼，没力气，后来有一天晚上尿床了，我还笑她说跟个小娃娃一样，她说腿没知觉，挪动不了。就这么瘫了。到医院一查，脊背的骨头里面长了个瘤子，割了就能治好，可是手术有风险，要是割不好，就得瘫一辈子。”

“恶性肿瘤？”

“嗯，也不是，叫神经纤维瘤。那时候顾不上可惜钱，开饭馆的钱做了手术，手术完了当时就说腿有感觉，把我俩乐的。能走路，就能干活，就能挣钱，怕啥。瘤子割了，当时好了，特别高兴。我们就打工存钱，过了几年，存了点钱，那会儿我们住在化石营村，出去坐公交车不是得走出去吗，早上我们提着东西去坐公交车，可能是东西重了，走着走着她说腰疼走不动路，我寻思我先去干活，她歇歇再去，就先走了。下午她给我打电话，说在医院，我这脑子就嗡的一下，啥也想起来了，啥也不敢想了。坐在那儿，哭也哭不出来，就觉得为啥要先走，为啥要先走，为啥不能多陪媳妇一会儿。”

“啊，复发了吗？”

“也不是，大夫说她身上又长了几个神经纤维瘤，说明体质比较容易长这种瘤子，要是位置不重要，就没啥事，要是长在不好的地方，还得出问题。结果还是脊髓里长瘤子，跟上次位置差不多，很快就瘫了。她每天说不治病了，不想活了，死了算了，我知道她心疼钱说气话，她比谁都想活。我也比谁都想让她活。”

“这次做手术了吗？”

“做了，砸锅卖铁，能借的钱借了个遍，把手术做完了。这次恢复得慢点，不过慢慢地，也能下地走路，一天比一天好，我规定她以后不能干重活，不能提东西，不能老弯腰。做完手术，我们搬到丰台住，借的钱还有点没用完，就开了个小卖部，卖点饮料、冰棍、香烟，为的是她不累。少挣点钱，慢慢还债。”

我听不下去，我总觉得自己的生活足够艰难，假装看不到别人的苦难。一旦听到这些故事，就觉得自己堕落得太奢侈，难以再心安理得地空虚下去。

我跟他碰杯，喝了一大口酒，辣得心口疼痛。“这下就好了。”我说，“借的钱慢慢还，总有好起来的一天，我不是也错过北京买房的时候了吗，反正现在买不起，以后更买不起，想开了也没什么。”

赵师傅把二锅头平分到两个纸杯里，晃晃瓶子，把瓶底剩的一点酒倒进嘴巴，“嗯，好了几年。去年第三次复发，还是那个位置，没钱做手术，我愁得直叹气。天亮的时候，我躺在花池上睡觉，其实也睡不着，医院一上班就要催缴费，几万块，拿什么交？”

“你说说脑子的事儿。”我不得不打断他的叙述，他说得越平淡，我越感觉疼。

“听我说，就是脑子的事。”赵师傅点头，“天亮了，我看见车子一辆一辆开进医院，都是好车，都是有钱人，我心里忽然冒出一个想法。当下顾不上什么了，我走到路上，找一个车最多的路口，在那儿等着，听别人说奔驰车贵，我就专门等奔驰车。等到一辆黑色奔驰车开过来，正好是绿灯，开得飞快，我跑出去往车头一扑，心想把我腿撞断，把我胳膊撞断，赔的钱就能给住院费了。”

“这是碰瓷啊！”

“那时候没想到，其实就是碰瓷吧。结果那车开得太快刹不住，撞完我，还从我身上压过去，我眼前一黑，啥也看不到了。等睁开眼，看见一片灯明晃晃的，周围乱七八糟都是人。然后是一片黑，有人说：‘完了。能找着家属吗？快找找家属。’那时候我忽然知道，我死了。”

我盯着赵师傅，赵师傅瞧着酒杯。我忍不住伸手摸他的手背，热的。

“你……现在还活着。”我说。

“谁说不是。我醒过来的时候，还躺在花坛上，太阳没升多高，车子一辆一辆开进医院，背后是住院部大楼，媳妇在7层的病房住着，等着我买早饭，等着我交住院费。啥都没变。”

我牢牢盯着他，直到确定他不是在开玩笑。

“喝酒。”我不知该说什么。幸好有酒，自古以来男人和男人之间都是这么化解尴尬的吧，我猜。

5

“所以你其实没死。”

“没死。”

“那你是做了个梦。”

“也不是做梦。”

我们喝掉杯中酒，把酱牛肉吃光，我站起来从橱柜里拿出一袋鱿鱼丝。“冰箱里还有啤酒，燕京的。”赵师傅提醒。我按照他的指示在冰箱冷藏室最里面找到四罐啤酒，根本想不起是何时放进去的——他显然比我更熟悉这间屋子。

喝完白酒身上发热，赵师傅脱了黄色制服外套和厚毛衣，一边喝着冰啤酒，一边继续给我讲下去：

“说到哪了？哦，我那时候迷迷糊糊，以为做了场梦。早点摊买了豆浆油条，上楼看媳妇，媳妇见面就骂，说来得恁晚，可把她饿坏了。我服侍她吃完早饭，出去找医生问住院费的事，医生说账单一天赶一天，账上没钱了就得存，手术嘛越早越好，这一两个月还行，拖久了有危险。我思前想后，觉得不管咋说，手术还是得做。拿手机翻电话本，一个挨一个打电话，谁肯借咱钱啊，根本都不接电话，最后我给我爹打电话，我爹说他存了五千块钱准备给猪场安个加热板，我急用就先给我，又说我舅舅最近做生意赚钱了，让我回家跟舅舅借钱。我就跟媳妇说了声，买票回老家。”

“借到钱了？”

“没。我舅舅不借，说是流动资金，借不出来。不过他给我指了条财路，说让我跟他到新疆做生意，两个月，挣十二万，车费住宿费他出，我净赚。”

“呀，这生意赚钱快啊。”

“我病急乱投医，给北京打个电话，跟着舅舅开车去了新疆。结果去了一看，你猜做啥生意？运白粉。从塔城弄进来，运到乌鲁木齐。我舅舅押车，拿八万元，我开车，拿两万。两个月跑六次，就是十二万。”

我坐直身子：“贩毒？”

赵师傅点点头。

我咳嗽两声，重复：“贩毒啊。”

赵师傅肯定：“嗯，贩毒。为挣钱没管那么多，也不害怕。塔城到乌鲁木齐六百多公里，开一夜就到了，但怕缉毒警察设卡，都是绕小路，风声紧了就找地方等几天。前两次都成了，第三次走到昌吉，被警察堵在加油站，黑洞洞的枪口指着，当时我脑袋轰的一声，心想完了，这辈子怕是见不着我媳妇了。”

“贩毒可是死罪！”

“可不是嘛。可以判死刑的罪。”

我揉着太阳穴，问：“可是你还活着。”

赵师傅答：“嗯，醒过来的时候，正在北京回老家的火车上，快到焦作了，离老家还剩五百里路。”

“等一下，”我想了想，“是你回老家问舅舅借钱的路上睡着了，梦里跟舅舅去新疆贩毒然后被枪毙，对吗？”

“我当时是这么以为的。”

“后来呢？”

“后来我回到老家，提着烟和酒去找舅舅借钱，舅舅说是有点钱，都是流动资金，借不出来，除非我跟他去新疆做生意，两个月，给十二万。”

“跟你梦中的情节一样？”

“一模一样的。我当时吓出一身冷汗，转身就跑。回去跟我爹一说，我爹说你脑子让驴踢了吗，梦见的事情能当真啊？我说爹那就是真的啊，监狱里吃的馍馍啥滋味俺都记得。”

“所以跟你碰瓷被撞死的梦一样，全都是真实有可能发生的事情，对吗？你的梦有预知能力，”我一拍桌子，“所以你才知道蛋蛋会掉进水池，才知道我冰箱里藏着燕京啤酒，原来是这样！”

赵师傅吐出一个烟圈：“嗯。”

“猜对了？”我兴奋地站了起来。

“不对。”

“喝酒喝酒……”

6

这世上有太多科学无法解释的事情，比如总是莫名消失的一次性打火机、永远配不上对的袜子等等。我从小相信超现实事物的存在，相信有个灰色的未知地带装着人类所有的迷惑、恐惧和敬畏，既对这些事物充满好奇，又害怕而不敢太过接近，有时理性，有时迷信。小时候的大脚怪、51区、幽灵船、尼斯湖水怪、鬼魂照片，长大后的圣亚努阿里乌斯之血、荷兰人金矿、双鱼玉佩，我不敢说自己是个神秘主义者，但从来敢于接受超自然的解释。

今天面对赵师傅，一位普通到毫无特点的城市打工者，我感觉到某种东西正从他稀薄的头发、眼角的皱纹、秋衣领口的汗渍和夹杂着酒气的呼吸中散发开来：一个谜题。

失业几个月以来，我首次感觉到活着还算一件有趣的事情。

我们碰杯，喝完第一罐啤酒。赵师傅没有再卖关子，他从大衣兜里掏出一张饭店宣传单，抚平折痕，用圆珠笔在背面空白处画了一条直线："后来我大概理了一下。张师傅，我这么给你讲吧，容易听明白点。"说着话，他在直线的一端添上两笔，把它变成一个箭头。

"好的，我看着。"我把餐盒扒拉到一边，盯着他的笔尖。

"一个人，好比就是你吧。人活着，日子一天一天过，就是从一个点，到另一个点，一直往前走。你从这儿，走到这儿。"赵师傅用笔沿箭头方向比画。

我点头。

"我身上出了什么毛病呢？我的脑子，走得比身子快，就是说，在我脑子里面，提前把这条路走了一遍。"他画出一个平行的箭头，但以虚线组成，"实际上不是真的走完了，是在我的想法里面走完了。当然，在走的时候，我以为是真的，但实际上是假的。到这儿，听懂没？"

我似懂非懂地点头。由于表达能力的问题，赵师傅的话既没有精确用词，亦缺乏逻辑，我只能勉强理解。

"第一次，我被车撞了，没走多远。"他画个短短的虚线箭头，"第二次，去新疆走了一个月，走得挺远了。"他画个稍长的虚线箭头，"都是脑子里面走的。"

"实际上你没有撞车，也没有贩毒。"我从他手里拿过笔，以实线箭头的起点为端点，向不同方向画出两个虚线箭头，让三个箭头呈现鸟爪形状，"所以是这样，出发点相同，但真实发生的是中间这条路径。"

赵师傅想了想，说："也对，也不对，我的身子走的是中间这条大路，脑子呢，走的是两边的小路。小路是大路分出来的，走着走着，就有了小路。"他重新画一个实线箭头，在两旁延伸出虚线箭头，但端点位置略有不同，看起来像分叉的树枝。

"所以是平行宇宙的概念吗？一次重要选择导致你所处的宇宙分裂，

经历平行宇宙的人生之后，时间线闭合，回到母宇宙的时间线中。”我喃喃道，“这种情况下，每条路都必须有一个终点，就是死亡。从前两次人生来说，是非正常死亡。”我在虚线箭头末端画上一个小“X”。“那么你经历过很多次这种死亡吗？从那之后，大约多久会进入一次支线路径呢？”

赵师傅摇头：“不对，不一定非要死了才能回来。我说了，是我的脑子走得比身子快，我说不准啥时候，但有时‘呼啦’一下就回来了。”他又画出几条虚线，有长有短，有些是代表结束的单向箭头，有些是线段，以显示这段旅程没有终结，“你要问多少次，我可记不清了，给你继续往下讲：我从我爹那儿拿了五千块钱，又问亲戚借了些，凑齐一万块拿着回北京，先把住院费、检查费补上点。跟我媳妇一说，媳妇哭着说穷死算了，手术不做了，做了也得复发，赶紧出院吧，我办手续接她出院，回家刚住两天，又哭着说难受得不行呀，要去医院看病，数落我没出息，说跟我这么多年一口好的都没吃上，净吃药了。我愁得一把一把掉头发。有一天出去干活，听一个姓黄的油漆工说他们老家黄冈有个老中医专治这种容易反复发作的瘤子，吃中药扎针，不开刀，北京上海的有钱人专门飞过去找他看，家里住个平房，平房门口停的都是宝马、奥迪。正好那几天工地给结了工资，手上有两万块钱，我想去湖北找这个老中医，媳妇一听也愿意。可是想起电视上老放那种骗人的医院，不治病，就骗钱，害怕上当。最后把心一横，心想管他的呢，不管结果好坏，说不定到头来又是一场梦。我弄个轮椅推着她，背上行李，坐火车去了黄冈。”

我问：“这时候你想明白这个支线路径的事情了吗？”

他答：“没有，越想越糊涂，干脆不敢想了。”

“也不知道什么时候会走上小路。也不知道现在走的是不是小路。”

“嗯，活得害怕。当时也没办法，就寻思赌一下。”

“如果这是条支线，结果是坏的，最终回到主线路径，那你就知道如何选择主线以规避坏结果。”我思考着，忽然打了个寒战，“但如果结果是坏的，而你发现身处无法改变的主线……那一切就都完了。”我用笔在实线箭头上打了一个大大的“X”。

赵师傅道：“可不是咧。我哪想得到那么多，到了黄冈，大夫每天只看三个病人，我俩等了三天，等见着大夫，一号脉，就说不用害怕这病，有治，一个月缓解症状，三个月恢复知觉，半年肿瘤缩小，一年下地走路。我俩高兴得要给大夫跪下。在附近租了个房，每星期去扎一次针，喝中药，用红外理疗仪烤后腰。我找了个工地干活，她看家，有时候给做个饭，一晃过了半年，她说虽然还不能走路，不过隐隐约约感觉脚趾头麻了，感觉腿肚子疼了，说明这病见缓，确实起作用。那几天心情好，骂我也少，我别提多得意了。后来有一天，大夫说不用扎针，回去继续喝药就行，我们就回了北京，黄冈定期给寄药过来。”

“治好了，是主线！”我忍不住插嘴。

“又过了四个月，她忽然就不行了，抬不起脖子，说不清楚话。送到医院，大夫说脊髓里的神经纤维瘤恶化了，癌变了，已经过了治疗最好的时间，要是早发现，早手术，还能治，现在耽误了。说来也奇怪，好好一个人，一个月时间就瘦得像个骷髅架子，以为能一起过个年，刚到腊八，就走了。走之前还骂我，骂的是啥，我听不清楚。嘟嘟囔囔，骂了一下午，然后不喘气了。”赵师傅语气淡淡地说，“我出了病房，坐在楼道里，打手机斗地主，打到没电。手机一没电，我突然就不想活了。”

“我记得你媳妇……活着，在卢沟桥还是哪儿开了间小卖部。”我沉默了一会儿，开口说。

赵师傅喝一口啤酒：“嗯。我还没寻死，眼前一黑，回来了。幸好是假的，是脑子走的那条小路。回来以后，你猜在哪。”

“啊，太好了。跟媳妇商量要不要去黄冈治病？”我如释重负。

“已经到了黄冈，开始扎针了。”他放下啤酒罐。

“什么，现实中也去找老中医了？”

“嗯，还好时间不长。我马上卷铺盖回北京，她不情愿，打我骂我，我都受着，临走拿砖头把大夫家三面玻璃窗砸个稀碎。回了北京，我带她去医院，查出还没有病变，我让医院给安排手术，又坐车回趟老家，半夜翻进我舅舅家院子，偷了他五万块钱。他喜欢把钱藏在空调壳子里，贩毒被判死刑那次我听见他说过。我不怕他找我，因为过不了多久，他就会去运白粉，然后被警察逮住判了死刑。我拿这五万块，给媳妇做了手术。”

说到这里，赵师傅的脸上浮出一丝笑纹，或许是酒精作祟，我忽然觉得心情喜悦，忍不住跟着大笑起来。

一盒黄鹤楼抽完了，我们开始抽臭袜子味儿的古巴雪茄——其实味道还行。“所以我刚才的设想是错的，支线路径的遭遇并不能帮助你做出主线路径的重要决定，回到主线时，会发现这个决定已经做完了。”我想到一个问题，用笔在纸上乱画着，“也就是说，只能尽量弥补。这个时效性很差啊。”

赵师傅说：“不对，一开始是这样，后来就不一样了。”

我来了兴趣：“还有后续发展？”

“也不叫发展，叫啥呢？”他挠挠脖子，“就叫发展吧。我脑子跑完回到身子以后，不是另一个时间吗，我就……”

“等一下。”我的笔尖顿住了，“等一下。你走完支线路径再回来，主线实际是向前发展的，你回来的时间点在出发点之后。第一次，支线时间短，不明显；第二次，支线时间贩毒一个月，主线走了几天；第三次，支线治病一年，主线多久，两周？”我重画一张图，把那些放射状的虚线延长，转个弯回到实线箭头，变成一个又一个虚线的环，现在图案看起来像一根长满树叶的树枝。

虚线的起始点与结束点之间有一小段距离，我用笔尖指着这一小截实线：“老赵，这段时间你的脑子正在小路上瞎溜达，那么……是谁在你的身体里扮演赵师傅你自己？”

赵师傅愣住了。

7

我们沉默了半罐啤酒的时间，赵师傅说：“我也不知道。还是我自己吧，因为干的事儿都是我能干出的事儿。”

我捏扁啤酒罐：“那问题先搁一边，你接着说。”

“嗯。给媳妇做了手术，因为开刀比较早，恢复得利索，住半个月就出院了，医生说压住脊髓那几个瘤子没有了，等消肿了，做做康复训练，就能下地走路。不过这次媳妇吓怕了，整天坐炕上不动弹，看电视，嗑瓜子，玩手机，一让她锻炼，就说腰疼呀腿疼呀不敢动，我要再多说话，她就急眼了，就开始骂我。我想想，瘤子不恶化是福气，先这么养着吧，不着急。我继续出去打工，结果那年不知咋的，工程不景气，包工头没活儿，正好有个姓陈的老乡准备出来自己干点啥，一聊，我说跟着项目上的机修师父学过点修理，他说现在骑电动车的多，要不弄个修电动车的店吧。我俩合股，在丰台宋家庄那边开起来个铺子，他卖车卖电池，我修车换配件，第一年不行，第二年就慢慢地好起来。”

“这次是主线还是支线？”

“你听我说。到了第三年过完年，店里生意不错，我还了些外债，媳妇也高兴，夸我开窍会挣钱了。有一天不知道刮哪阵风，刚开门就卖了两辆电动车，下午卖一辆，临关门又卖了一辆，加上修车的钱，算下来一天挣了三千多。老陈高兴得不行，拉住我不让走，要喝酒，我们买了五十块钱麻辣烫，把店门关上，喝一品杜康酒，从晚上八点喝到夜里两点，‘怼’了两瓶半白酒，老陈醉得起不来，趴在柜台上睡了，我其实也睡过去了，寻思不回家媳妇不放心，出来把店门锁上，也不敢骑车，走路回家，路上冷风一吹，吐了好几回。到家跟媳妇吵了几句，睡死过去，一觉睡到中午十一点，起来发现手机没拿，估计落在店里。我盘算老陈在店里，不着急，吃完晌午饭一点多钟慢慢溜达过去，走到街口拐弯，看见围着一堆人。我以为是出车祸了，挤过去一看，路边几间门面房烧成黑炭，满地都是黑水结成的冰，旁边人说是天快亮时候着的火，可能是电暖气短路引起的，麻辣烫店、首饰店都没人，就电动车店老板烧死在里面，没逃出来。”

从他叙述的语气判断，我觉得这并非真实发生的事情，“总是碰见不好的事情，幸好是个支线吧，赵师傅。”

赵师傅点头：“对，我跪在地上哭，因为我把卷闸门从外面上锁了，害老陈跑不出来。我拿脑袋撞水泥地，心想赶紧醒吧，赶紧醒吧，醒来要是回到我们喝酒的时候，我绝对不打开第二瓶酒，也绝对不让他睡在店里。我头都磕破流血了，也醒不了，急得直叫唤，想万一醒不过来可咋办，这一辈子都完了。”

“你醒了。”

“嗯，忽然我就回来了。”

“回到前一天晚上喝酒的时候？”

“不对，回到我和老陈筹备开店的时候。我们正在找店面，找货源，学修车的手艺。”

我下意识地“呀”了一声：“这次回到这么久以前，也就是说，这足足两三年的时间都是在支线中经历的。”

赵师傅说：“全是假的，没开店，没挣着钱，老陈也没死。”

“会有种虚幻感吧？如果换做是我……”我一时没法接受这种跳跃。

“我当时想，那到底还开不开店？要是开了店，还能不能挣着钱？要是挣着钱了，老陈会不会还和我喝酒？要是喝酒，老陈还会不会死？想来想去，觉得特别害怕，想起那间房子烧成黑炭的样子，我就没法看老陈的脸，连跟他说话都心虚。想了一晚上，天亮我找着老陈，说我不干了，你找别人合股去吧。他发火要揍我，我心想这都是为了不害死你，揍我我也忍了。最后还是没揍我，老陈是个好人。”

“所以避免了这种可能性发生——赵师傅你说得对，你这次用支线路径获得的信息来帮助主线决策，这是次成功的选择！”我感到喜悦，“这样的话，你可以不断经历支线，修正错误，使主线变得一帆风顺。可能这就是你能力的最佳使用方法吧。”

赵师傅却叹气：“唉，不算啥能力，没用。”

我在实线箭头上画出一个细长的虚线环，虚线的两个端点相当接近。“这次你在支线度过三年时间，主线世界却只前进了一点点，精神时间与现实之间的时间差大幅度增加。”

“越跑越快。”

“对，就像我出去遛狗，沿固定路线前进，蛋蛋在前后左右乱跑，每隔一段时间回到我身边，一开始，它跑得越远，回来得越慢，后来它越跑越快，有可能花一分钟时间在全中国每个电线杆上都撒了泡尿，我却以为它只是钻了片小树丛呢。”

赵师傅看了一会儿图：“你这么一说，就好懂多了。”

我扔下笔靠在椅背上：“这能力跟时间旅行一样啊，赵师傅。我以为只有在小说和电影里才能见到这种人，没想到今天就坐在我面前。”

“要能换，咱俩换换。我一点都不想要这鬼玩意儿能力。”他摇头。

“我觉得这能力最大的缺陷，在于你自己没法察觉到进入支线的时间点，换句话说，没法判断自己身处支线还是主线当中。”我想了想，从实线箭头引出一条虚线，“当你必须做出一个重大选择的时候，箭头是必然会分裂的吧。假使你在这里做出选择。”我将虚线分成两条，延长其中一条，“其后又做出若干次选择，”我让虚线分裂几次，将其中一条引回主线，指着那些没有结束点的枝丫：“到最后你才能发现，其实这些选择都是在做无用功，只是一段虚假时间里的虚假选择罢了，对主线一点帮助都没有。”

赵师傅认真思考，然后说：“对。但是我也想过，有没有可能一开始是假的，后来走啊走啊，就变成了真的。比如这样。”他接过笔，把我画的那条虚线描成实线，然后涂掉两个端点之间的那段实线。现在看起来，实线箭头在中段拐了一个奇怪的弯，像心电图的一个波峰。

我觉得这似乎有点逻辑问题，“你是说支线做出一系列选择，使发生的剧情与主线高度重合，乃至取代了主线。这也不对啊，这样你自己根本不知道曾经经历过一条支线，因为没有回到主线那个具有冲击力的时刻。”

“嗯，好像也是。”

“那你还经历过哪些支线呢？”

“可多了。就我记得的，我干过美容美发，到工厂站过流水线，当过导游，开过挖掘机，办过养猪场，养过狗，赌过钱，出国打过工，还抢过银行。”

换做是我，或许也会抢一回银行试试——在确定自己进入支线的前提下。但以赵师傅的性格，似乎不会做这种伤天害理的事情，除非逼不得已。“抢过银行？”我问。

“记不清了，肯定是急用钱，好像抢的是邮政储蓄。”他并没有显出羞愧的样子，“说实话，我干过很多坏事，还好都是假的。坏人没好报，张师傅，坏人没好报。”

“杀过人？”我盯着他。

他犹豫一下，“这个……”

“你不想说就别说了。”

“不是不想说，是我记不清楚了。走小路，前面一次两次记得最清楚，一二十次，一两百次，记不清多少次，后面做过的事情太多，混在一起，乱七八糟，我脑子不够用。”

我悚然一惊。每次支线，都要一分一秒经历生活，短则几天，长则数年，我不知道赵师傅脑中的记忆怎样构成，但显然那些虚幻的日子会留下痕迹，不会因支线归零而消失。坐在我面前的这个中年人，体会过的不是如你我一般几十年时光，而是无数条支线时间相加的总和：几百年，几千年，几万年。

他是一位活在自己世界里的长者。

8

我觉得应该喝点酒来抑制心中的敬畏，但家里再找不出酒来了。我们抽完雪茄，你一颗我一颗地吃花生，直到盘底剩下最后一颗。赵师傅用筷子轻轻一压，花生裂成两瓣，他夹起一瓣，若有所思地望着它。

“那……你记得最清楚的一段人生是什么？”我问。

“先说那些记不清楚的吧。”他用门牙慢慢啃着花生，“我做过那么多工作，遇见过不同的人，有小人，有贵人，大多数时候普普通通过日子，有几次得到别人的帮助，也算发了财。可不管我能不能挣钱，我媳妇都活得艰难，那个病根治不了，过几年就会复发，我最有钱的时候，把她送到美国治病，找最好的大夫，用最贵的药，当时治好了，完了还是复发。不知道多少次，媳妇在我面前哭，说得这个病太难受了，死了算了，死了算了，我知道她怕死，可没办法救她。我救不了她。不管干啥。不管住在哪儿。不管信什么教。有一次我看不了她受苦，狠心跟她离婚，她死活不干，我放下协议书就跑了，跑到外面，坐上火车，到了广州，一出车站，那空气潮乎乎的热乎乎的，就像她经常躺的那张床的味道，我心口像挨了一道雷，打得我跌倒在地，没法喘气。后来醒过来，还是在北京那个出租房里，我把她牢牢抱住，一点不敢松开，她打我骂我，说我发疯了，越骂我，我越高兴，因为这才是真的。”

“你的生命离不开她，对吗？”

“她说过，我上辈子欠她的债，这辈子当牛做马还债的。”赵师傅露出苦涩又甜蜜的笑容，我从没见过谁脸上有那样复杂的神色，“我记得最清楚的一次，我踏踏实实和她过日子，我们开个小卖部，我送外卖，她看家，做过两次手术，她身体不行了，我带她回老家，租了个山脚下的房子住，我种点白菜，养几只鸭子，她坐不起来，靠在被垛上，我买了个平板电脑架子，让她上网斗地主。我喂她吃饭，烫了她骂，凉了她骂，稠了她骂，稀了她骂，咸了淡了多了少了，没毛病也骂，骂天骂地。我喜欢听她骂，能骂人说明还有力气。后来她没去医院，死在那个炕上，我把炕烧得热热的，走的时候暖暖和和，路上就不怕冷了。”

这是我第二次听到赵师傅描述爱人死去的场景，他的语气淡淡的，几乎听不出一点悲凉。

“我给村里送了点礼，把她埋到我家祖坟，离我住的地方不远，隔三岔五去坟上坐坐，给她说说家里的白菜、鸭子。我活到七十三岁，腿不行了，走不动道，不能去坟地看她，就不想活了。我以为那就是我的一辈子，死在老家，能跟她并个骨，埋在一起，挺好。”赵师傅停顿了一会儿，“醒过来的时候，我还在北京的出租房，大半夜的，她睡得正香，我爬起来喝了杯水，看看日期，怎么也想不起来我在干什么。那几十年过得太真，我以为那就是真的，到头来一场空。我想啊想啊，从上坟，想到白菜、鸭子，想到离开北京之前的事情，想到手术，想到小卖部，想到她，想到这一天，这一天中午吃饭的时候我们俩聊天，说起万一生不出孩子，老了以后咋办，她说不怕，老了以后就回老家找个平房住，种点菜养几只鸭子，给村里的领导送点礼，死了以后偷偷土葬，也算入土为安。我这才知道，就在那个时候，我开始走上了小路，按照她的想法，和她过完了一辈子。这一辈子，对她来说是一下午加一晚上的时间，对我来说，是那么长的一辈子。”

“几十年，现实只是半天时间。”我叹口气。

赵师傅放下筷子，“我害怕。”他的手指有点颤抖，“我分不清过的日子是真的还是假的，万一正走在小路上，就算再美的日子，再好的景色，一转眼就没了；万一是真的，我现在喝的酒，吃的菜，跟你说过的话，就只是这一次，经过了再不能更改。在这一年这一月这一日，我可以喝更好的酒，吃更好的菜，找两个美女聊天，或者陪在媳妇身边，可没法改变，这一日就快过去，再也回不来了。”

我转头望窗外，不知不觉太阳斜了，我们聊了整整一下午。对我来说，只是毫无价值的生命中毫无价值的几个小时，但按照他的观点来审视，这几个小时仿佛凝固时间的铅块，沉重，冰冷，坚硬。

我必须说点什么，以打破这种绝望的气氛，“赵……赵师傅。你很多次走到最后是吧，最长的一次，你活了多少岁？九十？一百？”我勉力挤出笑容。

他花了一些时间整理思绪，“五千零五十岁。”他说，“我说过，有次得到贵人扶持，挣到大钱，她走了以后，我把她和我自己冻了起来，告诉那些大夫和科学家，等到能治好病把她复活的时候，再把我解冻。一等，等了五千年。冻起来的时候，我没啥知觉，不知道过去了那么长时间。醒过来以后，有人说已经过去五千年，这个世界不一样了，我看他们，还是人的模样，有点不一样的地方，我说不出来。我问我媳妇在哪，他们说还冰冻着，要治好她的病很简单，但复活她，并不那么容易。我问他们她在哪儿，他们说在一颗星星上，我也在一颗星星上，这个时代，人们都活在星星上，因为疾病越来越少，研究人的科学家就越来越少，每个人都想去更远的星星看一看。解冻我，是因为我存的钱已经作废了，为了讨论我的问题，他们开会开了一千年，终于决定叫醒我。我说我交过钱了，啥时候媳妇活了，我再起身，不然我要继续睡。他们讨论很久，同意先让我继续冷冻，因为我提出的要求他们得再开会开一千年。我睡过去，再没醒来。”

赵师傅拿出一张新纸，画一个箭头，用一条长得没有边际的虚线来描述这段旅程。

“五千年……那么现实生活过了多久呢。”由于震撼，我试了好几次才发出声音来。

“十四天半。”他回答。

9

“赵师傅，你说的大部分事情，似乎都和你媳妇有关。”

“对。”

“你知道吗，你是个时间旅行者。如果抛下包袱，可能能去到更远的地方，不仅是时间尺度上的遥远，更是空间尺度上的遥远。”

“我听不懂。”

“你可以去看未来。”

“那和我没关系。”

“你不想看看一万年以后的世界是什么样子吗？五万年？十万年？”

“看了又能咋样呢？”

我突然领悟，在整场对话中，我和眼前这位朴实的叙述者都不处于同一个频道，我的好奇、恐惧和敬畏，对他来说一文不值，他只是想找人分享在这些离奇经历当中所积累的情绪，把自己往返时空的故事讲给能够倾听的人。我尊重他对爱人的情感，理解他做出的选择，但归根结底，他不想探究这现象产生的原理，不愿用科学来解释，家庭观念是他赖以生存的坚硬内核。

一位平凡的时间旅行者，他没有改变世界的力量，也没有改变自己的意愿，再宏大辽远的旅程，对他自己和外面的世界来说都一文不值。

然而转念想想，如果我也能在自己的时间中旅行，又真能抵抗漫长时间带来的压力吗？我从不知道内心长满年轮是什么样的感觉。

蛋蛋睡醒一觉，从跌落水池的沮丧中恢复过来，凑到我跟前摇头摆尾，露出一副谄媚的表情。我开了一袋妙鲜包给它，又往狗窝里丢几根牛肉条，算是给它的神秘惊喜。狗其实是一种很难理解的动物，有时非常健忘，有时记性惊人，蛋蛋因为犯错误挨揍，会陷入短暂的抑郁状态，但睡一觉就恢复如初，第二天会因同样的原因挨揍，陷入同样的抑郁。可自从几年前隔壁邻居不小心踩到它的前腿，从此每次见到那位邻居，它都主动抬起左前脚扮演残疾狗，一瘸一拐从邻居面前走过，这种记仇的执着令人吃惊。

某种程度上来说，人也是一样难以理解。

10

我打开客厅灯。“赵师傅，那你现在走在支线，还是主线，你知道吗？”

“不知道。”

“那我是活生生的人，还是你想象中的角色，你知道吗？”

“不知道。”

“你去检查过大脑吗？我是说，不光做个 CT，找找心理医生什么的。”

“去过，没用。”

“如果我相信你说的话，你会觉得我是个疯子吗？”

“我要不是疯子，你就不是。”

“那你是疯子吗？”

他瞧着我，像是在揣摩我话中的用意。

“你说不是，就不是。”

屋里冷了下来，他套上毛衣。我看着桌上的空酒瓶，说：“你说曾经跟我喝过酒，也就是说，在你经历某一次支线剧情的时候，你也救过蛋蛋，来到我家，像这样跟我聊了一下午。”

赵师傅回答：“我升上黄金骑士，开始到这一片区送餐，没多久认识了你，觉得你是个能相谈的人。不瞒你说，心里藏着这么多话，我总想找个人说说，又怕说出口的话不能收回，被人当成精神病，要这一切是假的，那无所谓，如果是真的，我丢了工作，没法攒钱给媳妇看病，那就完蛋了。我第一次到你家喝酒，就是用一次性纸杯喝的二锅头。”

“第一次？”

“嗯。”

“你跟我喝过很多次酒，”我心中忽然有点寒意，“多少次？”

“很多次。”

“为什么是我？我是说，你可以对任何一个人聊这些事情，北京有两千多万人，为什么刚好是我？”

赵师傅欲言又止，沉默了一会儿，倒杯水润了润嘴唇：“从哪说起呢。最近我脑子问题越来越严重，走小路的时候越来越多。我说‘最近’，就是从我当上骑士之后的事情，我不记得走过多少次小路了，每次有长有短，大部分都走不到尽头，就像现在，可能一转念，我就回到前面的时间，坐在对面的你和今天发生的所有事情，“唰”一下就没了。走过几百几千条小路，真正世界里的我只过去几个月时间，真怕有一天，不管我走多少小路，真正的我都不会前进了。我熬过一辈子，熬过十辈子一百辈子一千辈子，真正的我就多活了一天，活了一小时一分钟一秒，我的钟越走越慢，越走越慢，最后停了；我就被困在那世界里那一秒，每次回去，都只能看见同样的东西，连动弹一下手指头的时间都没了。可能活生生的媳妇在我眼前坐着，我说了句话，拉了拉她的手，就走上小路，这句话变成假的，摸到的手也是假的，真的我还在真的世界里瞅着媳妇，那个世界结冰了，再也不会前进一分一毫。”

我想象着那个凝固的画面，被巨大的无力感攫住心脏。

“我也会想，当我回到真的世界，眼前这一切会变成啥样。”他挥挥手，像在触摸看不见的按钮，“如果现在是假的世界，等我回去，这些东西还会在吗？这个纸杯还在吗？北京还在吗？你呢？”

我低头望纸杯，杯底的薄薄酒液映出摇曳的人形，“支线情节中的人物是活着的，还是某种幻象？从自我意识来说，我必须承认自己活着。”我抬起头，“刚才你的话有矛盾的地方，你说无法判断身处主线还是支线，但你的主线时间还停留在几个月以前，远未到达现在我们对坐谈话的时间点，这不证明现在我们在经历支线情节？”

“万一它突然解冻呢！”赵师傅音量提高了，“我，我控制不了这个该死的脑子，我必须得把每一天当成真的来过，你知道不知道！”

我明白他的感受。如果主线人生的时间流速不断减缓，意味着他永远走不到真实生命的尽头，只能在无限的梦境中循环——这是我能想象到最黑最深的绝望。他必须说服自己，给自己生活的勇气。

我稍微组织语言，等他情绪平复下来，“赵师傅，我知道你身上背着别人无法想象的痛苦，主角若换成我，一定早早就发疯了。我非常佩服你。”

他摇摇头，没说话。

“我在三十年的人生里从没怀疑过‘存在’这回事儿。不论你是否出现，我都是个普普通通活在世上的人，就算你现在忽然消失掉，我也会找个理由逼自己相信超自然力量，然后继续稀松平常地活下去。”我说，“对你来说可能是支线，对我来说，这个世界不能更真实了，真实到不可能像电视断电一样‘咻’地消失掉。”

他从烟灰缸里拾一个烟头，用鼻子嗅着，“嗯，我知道。我也想过，可能我走过的每一条小路，都有个一样的地球活着一样的人，我回到真的世界的时候，那个世界里的人继续活着，那个世界的我也继续活着。我不是在脑子里瞎想，而是在不同的世界里跳来跳去。”

“这就是我说的平行宇宙啊。”

“我没文化，搞不懂。接着刚才说吧，你问我为啥选你一次次聊天，其实，我跟许多人聊过。”他说，“几百人，几千人，从我认识的人，到我不认识的人，我把我的故事一遍一遍地说，能听完故事的没几个，更没有人相信我，他们都觉得我是精神病，我脑子坏了，该送精神病院。有几次，他们和我媳妇真的把我送到医院去检查，我害怕见大夫，大夫会给我打针，电我，把我跟一群精神病人关在一起。没人信我，没人。”

我想象时间旅行者在每段人生里找人倾诉的样子。非常孤独。

“直到遇见你。”赵师傅将烟头点燃，“第一次有人听我说话，请我喝酒，帮我分析这些事情。你说北京有两千多万人，两千多万人里只有你肯信我。只有你一个。”

仿佛宿命，我不知该感动还是觉得恐惧。“那，你每次找我聊的内容都一样吗？我说的话也都一样吗？”

“不太一样。我记不太清楚，反正不太一样。”

“每次我都相信你？”

“嗯，差不多。”

“好吧。”自己的人生忽然变得重要起来，令人感觉非常复杂。可在下一瞬间我突然产生了一个不祥的念头：出生以来我一直是个最普通的角色，生在普通家庭，上普通学校，普通身高，普通体重，做着普通工作，普通地失业，跟普通的狗住在普通的房子里。我不应该变得重要，所有强行提升人生价值的行为都蕴藏着某种不正当的需求，比如彩票中奖骗局，比如传销，比如邪教。有人突然出现在面前宣布我是被选中的人，世上独一无二的存在——那是《黑客帝国》的情节，不应该发生在现实生活中。

如果赵师傅是个骗子……这似乎也能解释一切。他觉得我是个傻有钱不必工作的土豪，喜欢看点怪力乱神的杂志，于是悄悄摸清我的生活习惯，演练好一套玄之又玄的说辞，找一个机会骗取我的信任，用故事引起我的好奇心，瞅准机会在最后抛出一个我无法拒绝的要求。

疑心一旦产生，就像雪球一样越滚越大。他曾经进过我的屋子，没找着钱，但摸清了各种物品的存放位置，因为我遛狗时通常不锁门。他在水池里放了诱饵，使蛋蛋做出那种反常行为，自己躲在一旁伺机营救。他是惯犯，一个新型的骗子，专门用科幻小说式的故事骗宅男程序员的微薄积蓄。

我额头流下一滴冷汗，提高警惕盯着他。赵师傅吸了两口烟，烟头烧到手指，烫得一哆嗦。这不大像老练骗子的表现，可同时也不像个在万千世界里轮回的时空旅行者。

如果是骗子，他一定会提出要求：信用卡号，手机密码，床头柜钥匙。聊了这么久，应该到收网的时候了。

我惴惴不安地等待着。不是怕受骗，而是怕离奇的故事变成一个谎言。

11

赵师傅看一眼窗外的天色，叹口气："唉，又聊了一下午。可我还是什么都不懂。今天聊得高兴，喝得也好，谢谢你，我得回去销假，准备晚上送餐了。"说着站起来，慢慢套上明黄色的工服大衣。

我说："不多坐会儿吗？感觉还有很多话可聊。"

他说："不了，总得回去挣钱。"

他走向门口，我跟在后面。推开门的时候，他忽然停住脚步，回头说："对了，张师傅，我有一件事求你。"

来了。我尽量平静地回应："什么事？别客气尽管说。"

"不太好张口……"他显得有点为难，"我说了你可别怪我交浅言深。"

"你说。"

"我想请你帮我办件事。"

巨大的失望感如潮水般涌来，我盯着眼前这个皮肤黝黑的中年男人，刚才纵横时空的画面被揉成一团鼻涕纸，"做什么？"我压抑着情绪回答。

他犹豫了很久。"张师傅，我今天晚上会死。"

"什么？"这句话倒是出乎我的意料，我以为他会哭诉缺钱或者假装接电话说出事故之类，那是骗子的常用伎俩。

"今天晚上八点四十分，在去政通小区送餐的路上，我被一辆闯红灯的奥迪车撞了，飞出去十米远，倒在地上，摔断了脖子。"他说，"没等救护车开到，就死了。"

"可是……"

"嗯，我亲身经历的。那个十字路口的路况不好，水泥特别粗糙，我在路上滑出去很远，很疼。成为骑士之后，我无数次经历这个场面，死过多少次，记不清了。每次都很疼。”

我瞅了他一会儿，判断这段对话的真实性。“可是你可以避免的，你可以不做外卖员……”

“那次我没有选择做骑士，得到贵人帮助，赚了大钱，活到五千零五十岁。回到真实世界的时候，我没法再选，已经通过培训考核成了一名骑士。”他的嘴唇微微颤抖，若不仔细观察根本难以发觉，我相信那不是演技，“不知道为什么，在那以后不管我怎么选，生活都会越来越差，只有当骑士能够养活家、养活媳妇，是不是说老天已经玩腻了，只留给我一条绝路？”

“那今晚不接订单，不行吗？”

“试过很多次，阴差阳错，还是在差不多的时间死去，一样被车撞，一样很疼。”赵师傅喃喃道，“就像有只手推着你往那边走，你再逃跑，再挣扎，一样被推到那条绝路上。”

我掏出手机看时间：七点四十五分，只剩不到一个小时。在这一刻我决定相信他说的话，因为他的眼睛里藏着恐惧，那种绝望的恐惧。“为什么一开始不说这些？”我问，“你知道九点钟会死，还跟我聊天喝酒，如果早提出来，或许我们能想出什么办法改变结局……”

他猛然用通红的眼睛直盯着我：“你觉得我现在是真的活着，还是在走小路？”

我退后一步：“我、我不知道……”

“如果我真正活着，就不会注定死，因为一切还没发生过；如果我只是脑子在幻想，那做什么又有啥意义呢。”他喷出带酒精味道的热气，“我能做啥，我啥也做不了啊，张师傅，你懂吗？你一定懂啊。”

此刻我的脑中一片混乱，无数个时空的箭头漫天飞舞，缠成一团理不清的乱麻。“我不知道。”我避开他的直视，“不知道……”

他垂下头，喘了几口气。“反正，就这么一件事要求你。”他忽然揪住我的衣袖，“就一件事。从你家阳台，能看见政通小区门前的十字路口，一会儿，八点四十，你在阳台上看着，看我会不会死。”

我张大嘴巴看着他。

“我反复想过了，反正就这么几种可能：第一，这是条小路，我死了，回到大路上，剩下的一切都没了，你也没了；第二，这是条小路，我死了，你还活着，你能看见我倒在那儿，被救护车拉走；第三，这是条小路，我逃过一劫，这次没有死，下次再死；第四，这是大路，我逃过一劫，跟媳妇顺顺利利活下去；第五，这是大路，我被车撞死，人死灯灭再不能活。”他快速说出一段话，缓了口气，“你就站在那儿看着我。如果八点四十没出事故，今晚也没出事故，明天我带着好酒好肉上来找你，咱们俩喝到天昏地暗，喝成两个王八蛋。如果……”

“赵师傅，你别这么说。”

“如果我真的死了，我想请你去我家里看看。我家是卢沟桥晓月苑四里三号楼最西头的那个杂货铺，我媳妇腿脚不方便，在铺上躺着，你绕到收款台后面去看她，告诉她我死了。一夜没回去，她肯定急坏了。不要怕，照实说，她能承受得起，她不是那种想不开寻短见的女人。我藏了点钱在空调罩子里，够她几年里吃喝穿戴，那些债主都不知道我们现在住的地方，我一死，外债就算是消了，她能安安生生过日子。就是以后没人给她做饭洗脚抹身子，一个女人家，跟着我没享过什么福，总觉得对不起她。以后你要是有空去看看她，陪她聊聊天，她脾气臭，你忍着点，那女人心是善的。”

我怔在那儿，久久没法开口。

赵师傅脸上有疲惫的悲容，但又从悲容中浮出一个笑：“不知托付过你多少次了，你每次都答应，可我从不知道结果，死后的事情，没人知道。谢谢你了，张师傅。”

“赵师傅，你不会死的，没有什么是注定的！”我终于出声，回身拿起桌上画满箭头的纸，几下撕成粉碎，“我们说的所有事情都是猜测，没人知道以后要发生的事情，概率是独立事件，不会受那些梦境的影响……我们还没有把你思维的秘密理清楚，那太复杂，充满悖论。怎么判断那些支线的交叉点，怎么进行选择，怎么利用预演来找到人生的最优解……我想了很多，可能的策略有很多……”

他笑容收敛，留下眼角悲戚的皱纹，“既然谁都不知道，你怕什么？”

“赵师傅……”

他说：“如果我今天没有死，也不再做梦，我就一天一天，认真过活。明天抓紧时间多送几单，一单挣一块六，十单十六块，一百单，一百六十块，房租水电和药费就出来了。今天要死了，一了百了，这不就是生活。只有媳妇放不下，要不是她，我早就疯了傻了，有她，我才懂什么叫过生活。张师傅，求你的事情，就麻烦你了。”

楼道里的冷风灌进来，我闭了一下眼睛，门关闭，赵师傅消失在北京的冬夜中。

12

我在黑暗中画一个实线箭头。没有分支，没有交叉。

今夜之后，我会打电脑游戏到凌晨两点，一觉睡到明天中午，带蛋蛋下楼遛弯，点个回锅肉盖饭，坐在长凳上慢慢吃完。在我的存款用完之前，我会继续这种毫无希望的生活。等到账户上只剩一张机票的钱，我或许会退掉我同学租的房子，打包他的电脑，带着他的狗，到南方投奔他，闻一闻广州潮乎乎的味道，试试看凭自己的力量能不能过上稍好一点的生活。

也可能，我会把机票钱取出来吃一顿大餐，然后买张回老家的火车票，毕竟对蛋蛋这种中华田园犬来说，那里有更适合它的田园生活。

也许赵师傅是个神秘的脑内时间旅行者，也许是筹划更高深骗局的骗子，也许只是个疯子。

如果现在经历的一切是假的。即便我能一直活到时间的尽头。纵使有一万种策略。哪怕结局注定悲剧。

赵师傅说的很对，我也只能一天一天过我的生活而已。

我坐在华灯初上的冬天，北京一个平凡角落的夜晚里，望着楼下红绿灯闪烁。那是个交通繁忙的路口，车来车往，人声嘈杂。我不知哪个穿着明黄色外套的骑士是赵师傅，也分辨不出大众和奥迪。

我在等待一场不知是否必将发生的车祸，在每一次轮回中请求我在此守望的，是车祸的受害者本身。

若将时间的箭头抹去，故事会收敛得非常简单：一个男人和一个女人的故事。离开她的他，和离开他的她，故事都会早早落幕。那北京的每盏灯下，每个男人和女人之间，是否都存在这样单纯又繁复、短暂却漫长、草草开始而永不结束的故事呢？

时钟指向八点四十分，该到来的终将到来。

◆第9届全球华语科幻星云奖最佳短篇小说银奖获奖作品
◆第29届银河奖最佳短篇小说奖获奖作品

天图

王晋康

我接到林哥电话那天好像正赶上愚人节，但后来的事态发展证明，这并非愚人节的玩笑。林哥是中国科学院科学传播局的一位处级领导，很年轻，没比我大几岁。而我的公司有一个非常拉风的名字，叫“未来世界驻当下联络处”，我自封处长，主要业务是联络科学家、科普科幻作家，组织一些公益或联谊活动。近两年的多次活动中，林哥帮了大忙，我们处得很融洽，可以拍肩头兄妹相称的。

林哥说：“小易，林哥有一件大事要拜托处座你啦。”

我笑着说：“我这个假‘处座’哪敢在真‘处座’面前嘚瑟。没说的，林哥难得求我，小妹一定尽洪荒之力。什么事？”

奇怪的是，林哥似乎有点儿难为情，“这件事嘛……坦率说颇有点儿不着调。是外地一个老人辗转找到我，给了我一份‘天图’，说是他孙子张元一的毕生心血，属于‘明天’的科学，请我找几个科学家鉴定……”

我不禁失笑，“毕生心血？他孙子高寿？”

林哥也笑，“他孙子‘高寿’十六，但这句‘毕生心血’并非我的口误，而是老人的原话。小易，我本来绝不会揽下这事的，因为打眼一看，就知道这又是一个标准的‘民科’，说不定还加上精神错乱。但我到底没忍心拒绝，知道为什么吗？”他很快自己回答，“是因为一张十年前网上流传过的照片，我先发给你。”

我很快在微信上收到照片，看后心中猛然揪紧，因为——照片我见过！那时我还是高中生，正是多愁善感的年龄。这是一张车祸照片，地上躺着一辆严重变形的自行车，一男一女两具尸首，血迹淋漓。一个四五岁的小孩坐在血泊中，似乎没有受伤，满面血污的面孔正对着镜头。他吓傻了——不，不是傻呆，他的目光冷静——更准确说是冷漠。这种冷漠与惨烈的背景形成极为割裂的反差，令观者心中压上一块阴冷的巨冰。网上有知情人说，孩子患有严重的自闭症，也许并不理解父母的惨祸，这算是他的幸运吧。但正因为灾难主角不能理解悲痛，更能震动旁观者的心弦。即使时隔十年重睹这张照片，我心中仍有如遭雷殛的感觉。

我努力平静了自己，说："林哥，这张照片我见过。你往下说吧。"

电话那头的林哥肯定猜到了我的心潮激荡，知道我不会拒绝了，笑着说："刚才说了，我实在不忍心拒绝这位舐犊情深的爷爷，但以我的公家身份，肯定不适合向外推荐这份'天图'。后来一想，让小易干这件事不正合适吗？你是未来世界驻当下联络处的处长，推荐'明天的天图'本来就是分内工作。何况你又是圈内有名的美女……"

我说："打住打住。关于容貌的恭维我收下了，但对这句话中隐含的性别歧视提出严重抗议。你是不是说：漂亮等同于智力有障碍，即使向外推荐一份神经错乱的劳什子'天图'，也不会有名誉损失？"

林哥大笑，"哪里哪里，你完全猜错了我要说的话。我是说，像你这样有亲和力的美女托人办事，受托者肯定格外上心，这样才不会辜负那位老人的心意。"

我有点儿感动，痛快答应了，"林哥，你是个热心肠，好心人。我嘛，也自认是好心人。把那份'天图'给我吧。"

一个小时后林哥派人送来了那份"天图"，只有一页，幅面很大的绘图纸。打眼第一个印象是——神经错乱者的狂暴。纸上密密麻麻全是手绘的图形，扭曲变形，纸的天地头和两侧都没有任何留白，给人以极为压迫的感觉。仔细看，杂乱的图形中似乎夹杂着阿拉伯数字、英文字母、拉丁文字母，以及不少数学符号，但很难辨认，没有任何规律可循。老实说，我已经开始后悔对林哥做出许诺，不想把这件劳什子“天图”向外推荐。但我当然不会食言。我精心拟了一封邮件，说这份“天图”的作者张元一是位患严重自闭症的白痴天才，据悉“天图”中藏着某些惊人的秘密，请专家们努力破解。然后把邮件连同“天图”的照片发给了我熟悉的各领域的几十位科学家。

接下来是等待。

一星期过去了，没人回复。我给几个关系最铁的科学家哥儿们（姐儿们）打了电话，难为情地追问那份“天图”的事。对方都说仔细看过了，目前还没发现有什么，他们会继续努力，等等。我总觉得他们的回答只是顾全我的面子而已。又过了几天，我已经准备给林哥交差了，忽然接到沈世傲老师的电话。他是合肥中国科技大学的教授，著名物理学家，中科院院士，很年轻，但在国际上已经享有相当的声誉。我把“天图”发给他时曾颇为犹豫，这样的国宝级科学家每一秒都很珍贵的，我不该浪费他的时间。好在他为人随和，与我相处甚洽；何况他并非枯坐书斋的人，兴趣广泛，多才多艺，酷爱围棋，喜欢国学，我想，我的求助不过是为他丰富多彩的生活增添一朵浪花嘛。当时我为自己找着理由，硬着头皮把“天图”发去了。

电话中沈老师说：“小易，我来北京出差，顺便处理一下你那件事。那份‘天图’，原件在你手里吗？”

我的心脏突然停跳！“沈院士，沈老师，在，‘天图’在我手里。你……发现什么秘密了？”

沈老师笑了，“说发现什么为时过早，不过我觉得，值得花时间看看原件。”

这句话足以让我心潮澎湃了。半个小时后，我带着“天图”原件急匆匆赶到他下榻的酒店。他的助手没有耽误，立即把我带到沈老师的房间。

沈老师身材不高，貌不惊人，衣着随便，单从外表看，是那种扔人堆中就找不到的平凡人，只有相处久了，才会感受到他的才华横溢。他没怎么寒暄，接过“天图”就埋头观看，足足看了三十分钟。他眉头微蹙，双目微眯，似在专心看这张纸，又像是透过纸面看远处。我紧张地盯着他，喘气都不敢大声。这时我才承认，其实在我内心深处非常盼望能有一个正面的结果，这对那个未曾谋面的、严重自闭的可怜孩子，也许是人生的唯一意义……

沈老师看完了，轻叹一声：“果然是幅三维画。小易你会看三维画吗？”

原来是三维画！竟然是三维画！初中时我因偶然原因喜欢上了三维画，有一段时间甚至很痴迷，买了好几本三维画集，现在还保存着。三维画都是些复杂的平面图形，初看似乎杂乱无章，观看时必须把双目的焦点定在“似看非看”之间，放松意识同时又要凝神细看，然后平面的图形中会慢慢浮出一幅立体感很强的画面，那种“突然而至”的感觉妙不可言。我忽然悟到，刚才沈老师的“遐思”表情，其实正是看三维画的标准姿态！可惜，天图到我手中已经七八天，我这个昔日的三维画迷竟然没有想到这一点！

我急迫地接过“天图”，凝神观看。多年未练习，我看三维画的技艺已经生疏了，但在努力看了十分钟后，一个模糊的立体图形开始浮现，好像是一个扭曲的细长螺号，开始较粗，逐渐变细，呈螺旋状向前（向纸面外）延伸，悬浮在我的视野中。再凝神细看，螺号并非中空，而是复杂的树网状结构，它们是由数字、字母和数学符号组成，扭曲交错重叠，不好辨认，不过我还是从中认出了一些最熟悉的物理学经典公式。但三维画是不能久看的，随着眼睛的疲劳，这个三维图形慢慢消散，再度回复成杂乱无章的二维图形。

我不由心绪震荡。这幅三维画并非我过去看的精美印刷品，而是一个十六岁孩子用手工绘出，但仍能表现出逼真的三维效果。也许他确实有特殊的才能?

沈老师问:“那个暗藏的图形你看到了?”

我用力点头,“嗯,是一道由物理学公式组成的复杂树网,整体呈螺号状,由粗变细,从纸面上盘旋突起。我甚至辨认出几个最熟悉的公式,像牛顿定律、相对论和量子力学公式。”

沈哥也点头。“嗯,是的。科学界认为,最基础的自然科学是物理学和数学,所以上帝的‘天图’,就其最深层面来说,是由物理学和数学语言来描绘的。而这张图中隐藏的三维螺号,就是由数学公式搭成的整个物理学的骨架,所以那位老人称它是‘天图’也算贴切。它越来越细,象征着大自然的规律越到深层越是简约。小易,你说你看到了相对论和量子力学的公式,它们大概在这个螺号的什么位置?”

我凭着记忆,用手在纸面上(也延伸到纸面外)大致勾勒出那个螺号的形状,然后在后端某处点了一下。沈哥点头,“对,大致是在这个位置。它并非螺号的尽头,其后还有相当的延伸。”他补充道,“但我尽力看了,没有发现与弦论包括 M 理论有关的东西。”

我的反应太慢,过一会儿才意识到这句话中的惊人内涵。他是说,那位十六岁的白痴天才用数学公式构建了物理学的整体骨架,包括所有已知的物理发现如牛顿力学、相对论和量子力学,也包括这两者之后的“明天”的物理学——但不包括弦论,这暗示弦论可能是错的,将被明天的科学所抛弃。

我的心脏狂跳不已,喃喃地说:“难道他真的……我不信。我知道世上有杰出的草根天才,像印度的数学天才拉马奴金,没受过正规教育却在代数学上做出划时代的成就;世上也有患自闭症的天才,像获诺奖的美国经济学家纳什。但我不相信,一个 16 岁的自闭症患者,没上过学,竟然能够构建整个物理学的骨架,甚至包括‘明天’的物理学!我真的不信……”

沈老师干脆地说：“我也不信。我说不信不单是针对他，针对所谓‘民科’，也针对所有的专业科学家，因为今天的物理学已经如此浩瀚，再杰出的天才也不能通晓全局了，再不会有伽利略和牛顿那样集大成式的科学宗师了。但不管怎样，我觉得这份天图中有一些真东西。”

“如果……他为什么要装神弄鬼，把这些内容隐藏到三维画中呢？”

沈老师摇摇头，“不知道，也许他是想对观看者设置一个小小的开门密码，也许这只是一个精神病人的信笔涂鸦……不管怎样，我想去拜访一次。”

我喜出望外，“这当然好！可是……我知道你的工作十分繁重，真不好意思再让你耽误……”

沈老师摆摆手止住我的啰唆，开始商量行程。我先向中科院的林哥要了张元一的地址，当然此刻我不会透露沈世傲要亲自拜访，那样太张扬了。尽管我没有说明，但拜访本身就是一种肯定，这是不言而喻的。林哥自然高兴，但他处事很有分寸，没有过早追问具体进展。他说：“衷心希望你这次去能有收获。对了，当时元一爷爷还说过一件事，我觉得它更……”他显然是想说“更不靠谱”，但把后三字咽下了，“就没有告诉你。既然你要去，顺便把这事落实一下。”

“什么事？”

“元一爷爷说去年春节期间，他孙子曾经向马斯特挑战，结果基本战平。你肯定知道这次战例。”

“什么马斯特……噢，你是说那个叫 master（编者注：中文意思即主宰者、控制者）的围棋程序？天哪……”我震惊地看着沈世傲，他也是张口结舌。

2016 年 3 月，一个叫阿法狗的围棋程序战胜了人类超一流棋手李世石。没有多久，又有一个叫 master 的匿名棋手在网上挑战，一月之内横扫六十名人类超一流棋手，包括世界排名第一的 K 君。K 君当年不到二十岁，恃才狂傲，经常在微博上傲骄地发布“对不起，这次比赛我又赢了，我还是天下第一！”或者“阿法狗能战胜李世石但胜不了我”。后来人们知道——其实大部分圈内人事先都猜到了——这位 master 不是人类棋手，而是阿法狗的升级版。这是人工智能史上最炫目的一刻，或者说是人类智慧（在围棋领域）最屈辱的一刻。此后几年中，master 的棋力更是飞速精进，在与所有超一流棋手的对弈中已经能让子数子而保持全胜。从此，所有天才飞扬的人类棋手包括 K 君都屈辱地递了降表，再不企望能有翻盘的机会。中间唯有一次，就是去年春节，一位匿名棋手向 master 挑战，不要让子，最后以四分之一子落败，这几乎就是胜利了。但媒体并没有为此欢呼，因为大家早就公认了人工智能在围棋领域的绝对霸主地位，猜测“他”肯定不是人类选手，只会是另一个与 master 水平相当的围棋程序。此后，这位匿名者销声匿迹了，这更坐实了社会的猜测。

但如果他是十六岁的张元一……我确实不相信，一万个不相信。世上没有这样的超级天才，可以在数学、物理学和围棋领域里通吃天下。但我答应林哥会去落实这件事。沈老师也饶有兴趣，笑着说：“看来这趟拜访更有必要啦。我因为酷爱围棋，和不少国手是好朋友，这次我要代他们去弄清这桩谜案。”

沈世傲没让助手随行，安排他在北京等着。我们俩乘飞机来到张元一的家乡，一个北方地级市，把行李放到酒店，草草吃了晚饭，就匆匆赶去了。我们没有提前通知张爷爷，虽然贸然拜访有些失礼，但我们是想观看这个家庭最“自然”的状态。这儿是典型的城中村，院落之间相距很近，临路的院墙上写着斗大的“拆”字。张家的院子很小，自建的二层楼，一层有客房、主卧、厨房，楼梯设在露天，楼梯间是小小的厕所，二楼只建了一间屋子，其余是空的屋顶。张爷爷白发如雪，连寿眉也是白的，身体比较衰弱，行走有些艰难，但衣服整洁，举止有礼，应该是处于社会底层的知识分子。他看到北京客人手捧“天图”来拜访，又激动又感动，几乎语无伦次，可见他一直焦灼地盼望着他那次“上访”的结果。他说孙子在楼上卧室，在领我们见孙子之前，先为我们详细介绍了张元一的情况。

张爷爷说，元一从小就患有自闭症，在经历了那场惨烈车祸后陡然加重。他的自闭已经严重到除了下楼解手外从不出卧室门，从不与外人交流，即使与爷爷的交流也极少，以至于语言能力大大退化的地步。他的食谱永不变化，一日三餐都是一杯牛奶加一个包子，甚至喝牛奶必须用特定的奶瓶。张爷爷特地展示了冰箱中储存的一大包奶瓶和奶嘴，说这是为孙子的一生准备的，因为他担心这种奶瓶会断货。元一只吃爷爷送来的饭，上次张爷爷去北京，来回三天，请邻居奶奶照顾元一，但他绝食了三天，把邻居奶奶差点急疯——奇怪的是他并不显得饥饿衰弱，三天不吃饭也若无其事。

说到这儿，张爷爷热泪奔流，“我为他到处求过医，看来治不好了。我这把年纪，还能活几年？十年是一大关。我真担心，我死后这娃儿咋活下去！”

他哽咽失语，我和沈老师也只有陪着唏嘘。

张爷爷擦擦泪水说，但元一肯定是个天才！他从小喜欢在爸爸的电脑上玩游戏，是周围孩子们公认的绝世高手；后来不玩游戏了，每天沉迷于网络中，鼓捣的东西肯定和物理、数学有关，但更深的东西张爷爷看不懂。张爷爷为了满足孙子的唯一爱好，省吃俭用，为他购了最高配置的电脑，配了高速网线。元一平素没什么喜怒哀乐，只有去年春节期间他显得沮丧，爷爷百般探问，才知道他曾在围棋上挑战马斯特，但输了。张爷爷没接触过围棋，不清楚这个姓马的什么来头。后来打听出来了，才知道孙子的“输”实际很了不起！之后孙子突然迷上绘制“天图”，没日没夜地干，绘好后交给爷爷，但什么也不说。爷爷只能猜度着孙子的心意，把它送到了中科院。张爷爷小心地问：“那份‘天图’……真的有价值吗？”

我看看沈世傲，这个问题只能由他来回答。沈老师态度温和，谨慎地说，眼下回答还有点儿早，只能说它里边好像藏了某些真东西，我们这次登门拜访就是想尽量找到答案。老人感激地点头，说："那好，我领你们上楼吧，正好他该吃饭了。按说该叫他下来见客人的，但这孩子……还有，你们上去以后他很可能不理不睬，请二位不要见怪。"

我忙说，哪里话，知道他有病，我们不会计较的。张爷爷去厨房拿了一个热包子，一瓶牛奶，小心地试了牛奶温度（他说元一从不知道冷热），领我们上楼。楼梯比较陡，张爷爷腿脚又不灵便，我忙接过他手中的食物。

在进张元一卧室前，我们先通过窗户看到了他。他正在电脑前伏案工作，电脑桌面对南墙上的窗户，所以他以正面对着我们。他个子瘦小，看起来比实际年龄更小一些；眉目清秀但面色苍白，这当然是常年不晒太阳的缘故。我们上楼的动静按说他会听见的，但他没有任何反应，照旧专注地看着电脑屏幕，又像是透过屏幕看着远处，目光冷静，或者说是冷漠。在这一瞬间，跨越十年的时空接合了，我分明看见血泊中那个满面血污、目光冷漠的五岁孩子，心中止不住发疼。

我们进了屋，张爷爷喊，元一，北京来的叔叔和姐姐专程来看你啦。不出所料，张元一果然"不理不睬"。张爷爷抱歉地看看我们，说："元一，该吃饭啦。"爷爷要接过我手中的食物，但我忽然有个闪念，小声说："张爷爷，我来试试吧。"

张爷爷微微摇头，意思是这孩子不会接受外人送的食物，但没有阻拦我。我走近孩子，用最温柔的声音说："元一，姐姐把牛奶和包子送来啦，快吃吧。"

我把食物递过去，元一照旧敲键盘，没有任何反应。我等了很久，有些尴尬，但没有退缩，把右手的包子也递到左手，上前一步，轻轻地拍拍他的脸颊。张爷爷吃惊地看着我，他——其实还有我——是担心这个自闭症患者会有粗暴的反应。我柔声说："元一，快接着，要不姐姐多没面子，姐姐会伤心的！"

在我拍他脸蛋时，我敏锐地察觉到他的肌肤有轻微的战栗。然后他抬头很快扫我一眼，漫不经心地接过牛奶和包子，低下头大口吃喝。这边，三个人的目光欣喜地互相撞击：我的冒险成功了！看来元一并没有完全自闭，要不就是和我特别投缘。

元一吃喝已毕，把奶瓶递给我，又恢复了他的"闭关"状态。我们互相使个眼色，轻手轻脚地离开。回到客厅后，张爷爷拉着我的手，感激地哽咽着。我知道他为何感激，他是在庆幸，有我这个成功先例，以后请一个保姆兴许也能做到的，他不用担心自己百年后孙子会饿死了。我也很有成就感的，但欣喜中夹着浓浓的酸苦。

沈老师沉吟片刻，说："张伯伯，我有一个冒昧的请求：想等元一睡着之后检查一下他的电脑，可以吗？"

张爷爷显然很犹豫，"从时间上说嘛……倒没有问题，元一每天夜里十二点准时睡觉，凌晨四点准时醒来，在这四个小时内放炮他都不会醒，你可以趁这个时间检查。可是，电脑他设置有密码，好像还挺复杂。"

"我试试吧，应该能解开的，我会一些手法。"

"可是——你检查电脑后，他会不会觉察到？"

这显然是张爷爷最担心的事。电脑可以说是元一的一个器官，甚至是他生命的核心。如果元一觉察到外人侵入电脑，会不会有狂暴的反应？不过对这一点，沈老师显然已经考虑过了，立即回答：

"你说得对，他如果精通电脑，应该会发现我进入的痕迹。但他既然费那么大劲绘出'天图'，托你送给科学界，而'天图'中的内容肯定来自电脑，那么我想，他应该不会反感我的检查。"

张爷爷犹豫着，既怕这件事惹怒孙子，又急于知道那份'天图'究竟有没有价值，因为这象征着孙子人生的意义！最后他横下心，点头同意了。

他把客厅沙发收拾好，铺上干净的毛巾被，让我们先抓紧时间休息一会儿，十二点前他会唤醒我们。沈老师睡长沙发，我个子小，睡那张两人沙发。我们和衣睡下，很快进入梦乡。十一点四十分，张爷爷喊醒我，给我一瓶牛奶，说这是元一的夜宵，三人上楼。这次我没怎么费事就让张元一接过了牛奶。他喝完正好是十二点，于是他关了电脑，走向床铺，倒头便睡，几乎是立刻就睡熟了，根本不在乎屋里的外人。

确认元一睡熟后，沈老师立即在电脑桌前坐下，开始工作。我和张爷爷则拉了两把椅子，坐在床边，挡住元一到电脑的视线方向。这是我们预先商定的预防措施，如果元一突然醒来，我们要想办法耽搁他一会儿，让沈老师有时间撤退——我们想，最好还是不要让元一抓一个“现行”。

不过张爷爷说这只是预防万一，因为元一睡觉时从不会中途醒来。果然，他一直睡得很熟。他表情恬然，闭上双眼后眼缝显得很长，让我没来由地联想到睡佛的面容。我定定地看着他，看着薄被下这具瘦小的身体，尖锐的疼痛感止不住地敲击心弦。我不能想象，一个灵魂被永生囚禁在这个“人形监牢”中是什么感受，尤其是，如果他真是一个白痴天才，当天才之火在“人形监牢”中狂野地燃烧时，又会带来怎样的灼痛。不过也许我猜错了，也许他并无痛苦，因为他的灵智虽然被禁锢在实体世界里，但在网络虚拟世界里可以尽情驰骋，那个世界远比人世更广阔，而我认为的“人形监牢”反倒能帮助他隔绝外来干扰……

我回头看看沈老师，从这个方向只能看到他的背影，但我能够感受到他身体上的无形张力。他已经顺利地解开密码，正在电脑中紧张地浏览。时间在无声地前行。三个多小时后，沈老师轻轻地长吁一口气，把电脑恢复原状，示意我们可以离开了。

我们轻手轻脚地退出卧室，但暂不下楼，藏在外面的黑影中等候元一醒来。我们毕竟不放心，想看看他重启电脑后的反应。手机上显示凌晨四点，元一像机器人一样突然醒来，一点儿不带惺忪睡意，清醒地走向电脑桌，坐下，打开电脑。他忽然露出惊诧的表情，动作也僵住了，很长时间双手一动不动，显然觉察到了电脑的异常。外面三人提心吊胆地等着。好在十几分钟后元一的神态恢复正常，开始敲击键盘，显然是把这一页翻过去了。

我们如释重负，格外小心地下楼，回到客厅，在沙发上坐定。沈老师在沉思，我和张爷爷都紧张地盯着他，等待他的判决。沈老师走出沉思，说：“我确认了，那次向 master 的匿名挑战，确实是元一干的。”

我惊喜交加，张爷爷更是笑容灿烂，不过张爷爷还是有怀疑，“可是，他从来没学过围棋……”

沈老师很快解释说：“不是他本人在下棋。他同样也是通过一个程序。这个程序应该很大，没有放在他的电脑里，而是放在云存储中。我找到了双方交流的痕迹，去年春节前后，这台电脑同外界有频繁的交互指令。”

张爷爷高兴得合不拢嘴，故意贬损孙子，“原来只是围棋程序的功劳啊，元一咋学会了吹牛，说是他在挑战马斯特。”

我为张元一抱不平，“张爷爷你就别吹毛求疵了！他能编出这样的程序就很不简单的，不，太了不起了！”

沈老师说：“其实张元一没吹牛，在他心目中……”

他把下边的话咽下去了，但我敏锐地意识到他在说什么。他是说，张元一并没吹牛，因为在他心目中，他已经与电脑或那个程序，在人格上合为一体了。沈老师没把这句话说完，是怕刺激张爷爷，因为这有点“元一变成了机器人”的味道。

沈老师换了话题，“但据我探查，那个程序不是 master 那样功能特化的围棋程序，而只是一个通用程序。它同样有深度学习功能，但远比 master 强大，可以说它就是互联网本身，甚至称它为‘智慧’更合适。它能依靠网络中近乎无限的运算能力和存储能力，近乎无限的资料，所以，

‘自学’围棋对它易如反掌。它首战输棋只是经验不足，估计再下几场它就能通赢了。”

我忍不住问了我最关心的问题，“沈老师，那元一的‘天图’……”

“我确实在电脑中发现了‘天图’的原型，而且可以多方位三维展示，可以对任一处无限放大，一个体量不大的图形中包含着极为丰富的内容。只是我有一个疑问：这个图形可以用绘图机很方便打印出来的，为什么元一却耗费几天来手绘？”

对这个疑问，张爷爷给出了最简单的回答：“我家没配打印机，估计元一不愿出门去打印。”

初听这个理由似乎很儿戏，但我想也许事实真是如此。对这样严重自闭的天才来说，也许仅凭记忆画出一个复杂图形，还要把它藏在三维画中，要比出一趟门容易得多。我问：“沈老师，那就是说，元一的‘天图’可能出自那个通用程序？”

“嗯，这是唯一合理的推测。”

但我仍有怀疑，“沈老师，如此强大的程序，真是元一独自开发出来的？他会不会只是在网络上偶然发现了它？可是如果这样，它又是谁开发的？它具体存储在哪儿？”

沈老师看我一眼，对这一连串问题都没有回答，只是说：“今天实在太困了，休息吧。张伯伯，我们不回酒店了，就在这儿眯一会儿，可以吗？这儿的事情还没办完，我想抓紧时间。”

张爷爷高兴地答应了。我们熄了灯，各自睡下。但我情绪亢奋，睡不熟，半睡半醒中那张手绘的“天图”老在眼前浮动，然后二维的纸面上浮出一幅三维图形，先是那个树网结构的长螺号，后来变成满面血污、目光冷漠的五岁孩子……轻微的脚步声惊醒了我，是沈老师出去了。我揉揉眼，起身，跟着他到院中。沈老师在仰头向上看，在这个角度他是看不到元一的，只能看到从楼上窗户里泻下的灯光，显然元一还在玩电脑。

今天是无月之夜，周围的村舍都黑着灯，只有张家楼上的一孔亮光。万籁俱寂，偶尔传来遥远的犬吠。沈老师轻叹一声，说：“小易啊，那张‘天图’……也许就是‘明天’的物理学，甚至是物理学的终极。”

我不由大为吃惊。我素知沈老师言不轻发，但这个结论过于惊人，我不敢相信。沈老师说：

“我正在思考，元一为什么要把所有物理公式组装成一个树网结构的三维螺号。可惜刚才我探查的时间太短，但更可能（他苦笑着）是我智力有限，还没能吃透它。只能凭直觉猜测，他是在把物理学公理化、几何化、整体化，是在搭建物理学的 DNA 结构。打个比喻吧，门捷列夫之前，各种化学元素的知识是一堆散沙，但门氏提取了其中暗藏的规律，然后就能大致准确地预判：可能还有哪些元素未被发现、未知元素可能有哪些性质，等等。元一也是这样做的，他搭建了物理学的 DNA 框架，理出了清晰的整体脉络。然后就能大致预判，还有哪些领域未被发现，那个领域大致会发现什么规律等等。我说它的尾端部分是明天的物理学，并不是指具体理论公式，而是指已经确定的‘占位’。至于那些根本不可能嵌进框架的假说，就可以提前淘汰。”他补充一句，“据我刚才的初步察看，没有弦论和暗物质的占位。”

他的描绘耀花了我的眼睛。如果真是如此，物理学将有一个爆炸性的升空，由盲目的试错变成依照地图的登山；而张元一，这个瘦小、苍白、心理自闭的孩子，将成为——不，已经成为物理学的终极宗师，其历史定位远远超过伽利略、牛顿、爱因斯坦。但……沈老师作为物理学家应该欢欣鼓舞的，他为什么神态苍凉甚至暗含悲怆？我暗自揣摸着，但不好贸然开口问。过一会儿，他突然转了话题，“我说过，我喜欢围棋，同几个国手都熟不拘礼。前不久，合肥有场赛事，我做东宴请了几位。没想到酒席上我这个东道主竟成了众矢之的，几个家伙以酒盖面，群起攻击我——当然并非针对我本人，而是把我当成替罪羊。他们说，科学家实在是一群无事生非之徒，竭尽心智弄出来个阿法狗、master，毁了所有围棋选手的人生乐趣和人生价值。围棋是中国人最伟大的发明之一，用最简洁的棋类规则造就了天下最深奥的棋类运动。1996 年，当国际象棋程序‘深蓝’战胜国际大师卡斯帕罗夫时，围棋程序的棋力还不值一提，只相当于围棋业余二段。当时有人预言，围棋在棋类中非常独特，下围棋不光需要高深的算子能力，也需要直觉，甚至是对美的感觉，而电脑程序不可能具有直觉和美感，所以永远不可能战胜人类的超一流棋手。这话言犹在耳，预言家就被啪啪打脸。2016 年，阿法狗和 master 横扫天下。到了今天，master 升级版更是把人类顶尖选手当成了玩物！再没人自吹自擂什么‘人类独有的直觉和美感’了！更令人难堪的是，到后来master赢了棋，国手们复盘时尽力研究也弄不懂它的下法，显然它发现了围棋棋理中最深奥的规律，而人类在数千年的钻研中还没发现它，或者说能力有限的人脑无法理解它。小易，我告诉你，那天他们围攻我原是开玩笑打嘴仗，但说着说着，K 君突然情绪失控，号啕大哭！他说生不逢时啊，小生我横扫天下，十几年来一直站在人类棋艺的巅峰。可是，我时刻不能忘记，头顶上还有一个高高在上的邪神，这个邪神粗暴鄙俗，没有什么直觉、美感、创造力，它从本质上说不过是‘0’和‘1’的复杂字符串，它的棋艺从本质上说不过是使用蛮力进行试错选择，但它就是压得我抬不起头，让所有的围棋国手生不如死！”

我与沈老师结识以来，这是他说话最多的一次。他平素闲适淡定，从没有像今天这样情绪激动，看来那天的场景一定让他感受至深。沈老师又说：“K 君接着诅咒我，说你们这些科学家自作自受，很快就会落得和我们一样下场。现在，人工智能已经开始全面接管人类的工作，从汉字识别、语音识别、人面识别，到飞机自动降落、汽车自动驾驶等等，都已经完胜人类。法律咨询系统使百万律师失业，医疗咨询系统让千万医生降级为电脑操作员，难道独独科学家们能够幸免？K 君说，我知道你们是精英中的精英，天才中的天才，表面谦逊持重，内心比我们更为自傲。你们认为大自然中隐藏的简洁美妙的秩序只能由上帝赐予的天才脑瓜来破解，你们仍迷信着诸如‘直觉、灵感、创造力为人类独有’这类精神鸦片。沈兄，别做梦了，我告诉你，围棋领域出了个马斯特（即英文 master 的中文音译词），物理领域也很快会出现一个驴斯特，它同样是‘0’和‘1’的复杂字符串，是一个只会蛮力试错的粗暴家伙，但它很快会甩所有科学天才几条街。甚至到某一天，它发现了宇宙最终定律，你们却看不懂，就像我们看不懂master如何赢棋一样，那时你们也会像我一样生不如死！”

沈老师重复 K 君的话时，我能感受到他心中深深的失落，甚至是绝望和愤懑。我笨拙地安慰，“都是些醉人疯话，你别放在心上。再说，物理是实证科学，那个‘它’就是抢了杨振宁、李政道的位置，人类还能做吴健雄啊。”

沈老师苦涩地摇头，没有反驳，可能他认为不值得反驳。我忽然有一个不祥的想法——当然这种想法对沈老师很是不恭。我开玩笑地说："沈老师，你是不是像那位 K 君一样，对人工智能嫉妒成恨？你会不会像毕达哥拉斯那样，为了防止数学的陷落，狠心把学生希帕索斯扔到大海里？"我赶紧为自己找台阶下，“对不起，对不起，这个玩笑过头了，沈老师你宅心仁厚，绝对不会那样干。”

我紧盯着他，尽管知道这个玩笑过头但我还是说了，是想当面察看他的反应。沈老师扭头看看我，平静地说："如果我不得不那样做，你站在哪一边？"

我毫不犹豫，“当然是站在张元一……站在希帕索斯那边！”

沈老师讥讽地说："这会儿我才知道，原来美貌果真影响智力啊。小易，你想想有那个可能吗？不要忘了，纵然毕达哥拉斯淹死了希帕索斯，也没挡住无理数进入数学殿堂啊。不，我不会干这样的傻事。相反，我很珍惜元一这个窗口，我会努力把元一的‘天图’尽早翻译出来，公布于众，哪怕……”他苦涩地说，“那一天是人类物理学家的末日。”

我心中涌出幸福的巨浪，但幸福的后味却是浓浓的酸苦，既为楼上的元一，也为神情苍凉的沈老师。我问：“沈老师，还是我问过的那个问题：你说‘天图’来源于那个强大的通用程序，这个程序是元一本人创造的吗？”

沈老师摇头。“老实说，我不知道。不过，”他字斟句酌地说，“我觉得，把‘那个程序’看成大写的‘他’，看成张元一的母体，也许更恰当一些。”

这个回答太晦涩，答非所问，我没听懂。这时屋里有动静，张爷爷出来了，说：“这么早就起床了？我来为你们做早饭。”我当然不能让老人一人去干，赶忙跟到厨房帮忙。瞅空看看院里，沈老师还站在原地不动，默默地仰望天空。

早饭做好，张爷爷说咱们先吃，吃完再给元一送饭。吃饭时，沈老师说：“张伯伯，我打算做一个安排，你看行不行。这份‘天图’可能确实有价值，对它的研究恐怕需要很长时间。我想正式聘用张元一为中国科技大学的工作人员，参与这项长期研究。也聘用你为临时工作人员，专门负责照顾他。”

张爷爷非常欣喜，感激涕零，忙不迭地点头。我也向沈老师点头致谢。这样一来，张爷爷就完全没有了后顾之忧，即使他去世，也不必担心孙子的生计了。沈老师又说：“至于工作地点，当然是让元一到中科大更方便。但考虑到元一的心理状态，也考虑到……我想让他暂时留在原地，可能更为保险。”

我敏锐地猜到，他没说出口的第二个考虑是：想保持这个“窗口”的原始状态。他没有说出来，是因为这带点风水迷信的味道。“如果您老同意，我就让中科大租下或干脆买下你这套房子，作为我们的工作场所。”

张爷爷当然赞成，只是善意地提醒，“可是，这儿属于拆迁范围，不定哪天就要拆了。”

沈老师不在意地说：“这点你不用担心，我会解决的。即使周围拆迁，这儿也将永久保留下来。”

我马上明白了，他是想把这儿作为历史文物、作为“大写的他”初次登上历史舞台之处，永久保存。我看看他，看看张爷爷。张爷爷的表情有点怀疑，看来他不大相信一个“教书的”能比城管还有权力，只是囿于礼貌不好再追问。他笑着说：“那敢情好，那敢情好。要是能这样安排，我哪怕今晚闭眼也能安心啦。”

我连忙说：“那可不行！你得活到一百二十岁，元一还指望你照顾呢。”

“行，托你吉言，我一定活成个老不死！”

我们都放声大笑。我们商定上午就回北京，沈老师会派助手来处理后续事宜，我则抓紧向林哥做汇报，他肯定也牵挂着这儿的进展啊。

该给元一送饭了，我再次自告奋勇，那两人也跟我上楼。我把牛奶和包子递给电脑前的元一，像昨天那样站在他身后，轻轻拍拍他的脸颊，柔声说：“元一快吃饭。吃完饭姐姐和叔叔就要走了。不过你放心，我们马上还会回来看你的，带着你的‘天图’回来。”

我忽然觉察到，元一的手缓慢地、迟疑地向上摸索，摸到我一只手指，抓住，贴在他脸上。我感觉到一阵战栗，战栗来自两人肌肤相接处，也来自于我的心弦。在这一瞬间，我做出了一个重要的人生决定，我回头对沈老师说：“沈老师，你要是不嫌我脑瓜笨，我就做这儿的常驻工作人员，行不行？”

沈老师喜出望外，但他思虑周全，提醒我，“我当然是双手欢迎啦。只是，这么重大的决定，你再慎重考虑一下。你的公司怎么妥善处置？也要征求你男友的意见，他是在北京工作吧。”

我笑嘻嘻地说：“我当然会征求意见的，但他肯定不会反对。至于我的公司，我想，设在这儿更方便与‘未来世界’联络，沈哥你说对不对？喂，元一，姐姐留下来陪你，你欢迎不？”

元一仍旧不说话，但我感觉到他手上的握力在加重，一股暖流在两人肌肤接触处流淌。当我们告别元一下楼时，元一仍旧“不理不睬”，没有从电脑椅上起身送我们，但我分明感受到他目光中有依恋的光芒。

改良人类

王诺诺

“我睡了多久了？”

“六百一十七年三个月。”

“什么？过了六百年？……为什么现在才叫醒我？”我很想坐起来，却发现刚刚苏醒的身体根本使不出一丝力气。

“因为您患的病——肌萎缩侧索硬化，直到去年才研究出特效疗法。您是临床上的第一个康复案例呢！”

“那我的家人呢？”

“您父亲在 2113 年去世了，享年一百一十八岁，母亲长寿一些，活了一百三十四岁，于 2130 年故去，他们都是寿终正寝。您的孪生弟弟，在您冬眠之后立志要找到治好你的方法，最后他成了科学家。为了更好地参与科研，他经历了三次冬眠，最终于 2620 年去世。与您血缘在三代之内的亲属都不在人世了。您现在孤身一人！”护士小姐轻快地说。

撇开怪异的服装，她确实是个美人。小麦色的肌肤和深棕色的瞳仁让我无法分辨她的人种，但那双眼睛是明快的，窝着一汪水，让人觉得她的轻快里没有丝毫恶意。

“一个亲人都不剩了？”我绝望地问。

“一个都不剩了。”护士小姐献上了职业的微笑，露出六颗牙，白光刺眼，“不过您放心，您父母留下的财产，在信托公司多年管理下都大幅增值了，能确保您这辈子衣食无忧。何况……苏醒在一个最美好的时代，您应该开心才对啊。”

“闭嘴！什么最好的时代！举目无亲的是我，不是你！”她的乐观像一把尖锐的刀扎在我身上，我终于爆发了。

护士小姐被我的吼声怔住了，瞪着水灵灵的眼睛，不知所措。

就在这时，门外走进来一个人。

来者是个女人，肤色健康、身材苗条，五官的轮廓深邃，细看起来，竟然与护士小姐有几分相像。

“刘海南先生，您睡得太久，有些知识需要更新了。”她的声音富有磁性而甜美，“我叫菱子，是人类改良工程的技术负责人，您的苏醒后续事宜将由我来安排。”

我能感觉到自己肢体的控制力正在渐渐恢复，便坐起身和她握手。她的手是光滑修长的，我不禁想，这女人气质高雅，样貌出众，连手都那么漂亮。

“你说什么工程？”我想起一点，问道。

“人类改良工程。”她重复道，“您的弟弟，刘辰北教授也曾经参与这个工程的研究。苏醒后，您的身体情况很特殊，需要进行一些必要的调养，请随我到工程基地吧，路上我会向您进行详细介绍。”

“你……不会是骗子吧？”

我刚一说完，就发现自己实在是傻气。护士和菱子都笑了，她们连梨涡的形状都那么像。

“刘海南先生，真正想骗你钱的人，可不会把你叫醒再行骗呀！”

菱子带我坐上代步的封闭式飞行器，我也有机会仔细看看六百多年后的世界。

现在的城市，不再是扁平的，高耸入云的建筑物顶端由廊桥相连，在城市上空形成了一片网格。代步的各类机器在摩天森林的空中按照特定的轨道川流不息。最让人高兴的是，自然环境并没有因为科技发展而遭到破坏，网格外的天分外的蓝，树木生长在城市的各个维度。都市里，无论男女，每个人皆生着一张非常漂亮的脸，乍一看他们就像是亲戚一样。

看到这景象，我的心情稍稍得到舒缓，感叹道：“看来世界是往好的方向发展了。”“只是看起来如此而已。我们的世界正处于崩溃的边缘。”菱子教授打断我，封闭式的飞行器不需要驾驶员，她坐在旁边为我做血压和心率的测量。

“什么？但是刚才的护士明明说这是最好的时代啊……”

她停下手上的活儿，我看到那双又圆又大的眼睛里倒映着一个看起来格外困惑的我。

“最好的东西总是伴随着最高的风险，现在的一切，都得归功于人类改良工程。就让我来为您介绍一下这位披着天使外衣的恶魔吧。”美丽的女教授说道，“在21世纪中后叶，试管婴儿在新生儿中的比例已经达到了百分之百，随着生物工程技术的进步，对胚胎进行筛拣和改良的成本大大下降，于是，我们利用基因置换法消灭了百分之九十九的基因疾病。”

“基因置换？怎么置换？”我诧异地问道。

“向胚胎植入携带强势基因的机器人。”

“能跟我仔细讲讲吗？抱歉，我不太跟得上你们的时代……”

“没关系，睡了六百年，谁都需要一些时间来适应。简单来说，科学家们成功发明了一种具有染色体DNA测序功能的生物可降解纳米机器人，这种小机器人一旦与受精卵内的染色体接触，就会开始测序，并换下原本会导致疾病的基因，将其编辑成为致病基因的等位健康基因，我们称之为‘强势基因’。更改过的遗传物质序列会随着生殖传递到后代，而在胚胎的发育过程中，那些机器人会被降解，不会对胎儿产生副作用。只要一代人集体植入机器人，这种遗传病就会永远地消失。”她接着说，“后来随着基因密码的完全破译，我们用这种方法逐一攻克了所有已知的遗传病。”

“这下避免了多少悲剧啊！”我感叹道。

“是的，”菱子教授脸上却露出了忧愁之色，她利落的眉毛蹙着，“如果人们在那个时候能知足刹车就好了……”

“什么意思？”

“各项指标正常，恭喜你完全从冬眠中恢复过来。”她宣布道，随后收起检测仪器，缓缓地说，“人的欲望是无限的，一旦掌握了随意修改DNA的技术，人们怎么可能仅仅满足于只是获得健康？”

我突然有些明白了，为什么这里每个人的脸都整齐划一地漂亮。

“你是说……你们把改良基因的技术用在了人的五官上？”

菱子教授苦笑了一下，说：“呵呵……不止五官啊。长相不好、个子不高、易胖、笨，甚至是雀斑、青春痘、汗毛过多和胎记，都被视为劣等基因，都会被统一优越的强势基因替代！仅仅几十年时间，我们用基因置换法修改了几乎所有性状，甚至最后……连控制性格和个性的基因也被修改了，人类第一次从根本上‘操控’了自己的性格。”

“为什么要操控性格？”我瞠目结舌。

“这样可以通过‘改变人’来‘改变社会’啊。修改暴躁易怒的基因，让世界上的暴力冲突大大缓和；修改控制生殖欲望的基因，让出轨、重婚一类的家庭悲剧减少……讽刺小说里的乌托邦之所以会是乌托邦，就是因为每个乌托邦的构建者都忽略了人类本身的欲望，盲目用技术和体制来改造社会，试图制造理想国，结果自然是一塌糊涂。但如果将改造的矛头对准人，修改人本身的欲望，再将这些善良温和的人叠加，乌托邦自然就会应运而生。我想在这一点上，人类改良工程做出了不可估量的贡献。”

“是的，你们战胜了达尔文的进化论，人可以随心所欲地……设计人类，再通过设计人类来设计社会！”我大声赞叹。

“也没有那么神。当基因置换法修改了人类几乎所有性状之后，问题就出现了——遗传性状变得极其不稳定。缺少千万年的演化和适应，新配组的DNA在分裂和分化的时候发生基因突变的概率大大增加。相比人类大改良之前，人群中天生残疾个体的数量反而增多了。”

我望向飞行器的窗外，城市网格上行走的都是健全人，不禁问道：“可我并没有看到残疾人啊？难道你们把他们集中起来处理了？”

“哈哈哈……”她笑起来非常好看，眼睛是甜的，嘴角是软的，如果放在我沉睡前的那个时代，肯定是可以当明星的，“你把我们想得太残暴了，在脱离了工业社会之后，对个体生命的尊重是人类最基本的共识，更何况人道毁灭也是治标不治本的办法。为了解决突变问题，我们在修改基因这条路上继续走了下去。在你沉睡二百五十年之后，我们发现一组位于18号染色体上的基因可以控制遗传物质突变的速度。只要将遗传物质的成分稍加更改，整个基因组的稳定性就大大增强了。就像一把锁，这组基因能够‘锁死’其他染色体上的基因序列。用机器人将这一组‘基因锁’植入胚胎，随机变异问题就被杜绝了。”她顿了一下，“这么做当然也是有副作用的，因为遗传物质的构成发生了改变，新生儿与他们后代的基因不再能够与携带强势基因的机器人发生反应，像以前一样修改遗传物质变得几乎不可能了。”

“那又有什么关系呢？你们已经完美了啊。智商高、外貌好、性格温和，不需要改良了呀，只要把基因‘锁’上，保证稳定就行了。”

“当时的决策层也是这么想的，他们不顾科学家的极力反对，对所有胚胎都植入了基因锁。”

“怎么看这都是好的做法：每个人类个体都拥有统一优良的性状，没有天生残疾，社会和谐发展。为什么科学家要反对呢？”我问道。

菱子教授没有直接回答，我们的飞行器垂直穿过网格摩天大楼，到了一处地下工事。厚重的铅门徐缓打开，她示意我进去。

于是我迈步踏入，发现地板在向前运动，无须我走动，就可以将我送到目的地。

“这人类改良工程总部，怎么修得那么神秘？”我开口发问。

“原来我们的总部在地面，也是在高楼里。二十年前我们开始进行一项研究，需要高度保密。这个办公地点大约就是那个时候启用的。”女教授回答。

“高度保密的研究，那我怎么能进来参观？”

她转过身来面对着我说道：“因为我们需要您的帮助，刘海南先生！”她的眼睛里闪烁着真诚的光芒，“事实上，您很可能就是把人类从深渊里拉出来的希望！”

“别别别，你在说什么呢？”我着实吓了一跳。

“您别着急，我的说法可能夸张了。您才刚苏醒，也许还没准备好一下子接受那么多信息……”

地板带着我拐进了一间类似控制室的屋子，但里面并没有操作人员，只有墙壁和天花板屏幕上的数据面板有规则地闪着光。

“这间屋子装载着我们的中央计算机，它的运算速度比你所处年代最快的计算机要高四十亿倍。我们用它来模拟病毒和细菌的进化。”她狡黠地一笑，“不过当然，它的屏幕那么大，用来放幻灯片效果也是很棒的。”

话音落下，屏幕上的数字就暗下来了，光线从周围的四面屏幕投下来，全息影像打在了房间中央，是一团模糊混沌的影子。

“我们以为自己克服了疾病、丑陋和愚笨，却没想到这引发了更大的危机……”

全息图随着菱子教授的语速慢慢变化着，混沌中渐渐出现了村落、玉米田、图腾柱……炊烟袅袅，鸡犬相闻，我仿佛置身于 16 世纪前还未被西班牙人染指的美洲印第安人聚居地。

“人的基因原本是多样化的。即使是不利生存的性状，常常也会成为隐性基因，藏在遗传物质里，在后代身上显现。多样化对于个体来说，未必是一件好事，但对于人类整个物种来说，却是极具优势的。”

全息图变化着，欧洲人在一片喧嚣声中登陆了，杀戮、奴役、瘟疫和大火，平和的村庄变成了修罗场。

“因为欧洲人和印第安人的基因有差异，同样的天花病毒，对于欧洲人致死率是百分之十，而对于印第安人则是百分之九十。可以说，即使排除了抗体的影响，天花也是一种更加容易感染印第安人的病毒。”

画面从印第安村庄转变成一个山洞，洞里的人个头矮小、容貌丑陋。山洞外狂风暴雪，人们即使围着篝火相互偎依，也还是忍不住瑟瑟发抖。

“尼安德特人，他们与我们的祖先晚期智人同源，只是更早地‘走出非洲’。因为身体构造和大脑容量无法适应冰期而遭到淘汰，而晚期智人相对尼安德特人更具有生存优势。智人的基因更适应环境，所以没有被寒冷淘汰，这才将南方古猿的血脉延续至今。”

全息图里的篝火熄灭，画面暗下来……

“基因多样化，是物种面对环境变化的武器。无论是多大的灾难，也只能消灭一部分人，另一部分人拥有适应变化后环境的基因，就会生存下来继续繁衍……而我们现在亲手把这一武器销毁了。”菱子教授叹息道。

“你的意思是，现在人的基因都高度统一的了？”

“是的，我们把太多美好的性状加在胚胎里了，而美好的事物总是有统一标准的。无论所处哪个洲，人类个体基因的相似度都远远高出你那个年代，且失去了突变的可能。而在决策层意识到问题的严重之前，这种状态已经持续了三百多年……现在所有没携带基因锁的人都已经逝世，除了实验室保存的基因片段标本外，我们能取得的未经修改的遗传物质，特别是多样的‘劣势基因’，可谓少之又少。”

“但那又有什么关系呢？就算没有基因多样性了，这个社会看起来也是一片和谐啊。哪里来的灾难呢？”我不解地问。

屋子中间的全息图再度亮起，出现了几个奇形怪状的物体。都是足球大小，有的扁圆，有的长满绒毛，有的非常简单——只是螺旋状的一段，被薄膜覆盖。

“这是什么？”

“几种病毒。”菱子教授平静地说，“当然这只是它们的放大影像。因为我们已经破译了人类的遗传密码，所以它们对我们的伤害变得很好测算。这几种病毒是测算出来最危险的，它们如果攻击我们高度统一的特定形状，可以用三周时间杀死百分之九十五以上的人类。”

“什么？！”我惊讶地叫道。

“放心，这些病毒只是计算机根据现有病毒测算出的变异版本，它们还没有在自然界中真实存在呢。只是这几个，”她将手伸入一个病毒的全息图中，取出了它的遗传物质，拉长放大，并把它拖入了一个对比图中，“它们的基因，跟现存的一种病毒太像了。”在对比图里，这魔鬼病毒的基因，与常见的流感病毒只有三四处细微差别。

“这也太可怕了，万一恐怖组织掌握了修改病毒的技术，后果不堪设想啊！”我觉得毛骨悚然。

菱子教授将全息图关闭，地板又移动起来，带着我们往控制室外部走。“这倒不必担心，现在的人生性热爱和平，恐怖组织早就不存在了。但有这种变异潜能的病毒，何止千万种，大多数还没有被我们发现，光是潜在的自然界里的随机变异，就极可能在不知道的哪一天把我们全部杀死！”

地板停在了一个类似冷冻库的地方。

“这是病毒库，”菱子教授介绍说，“我们没换隔离服，不能进去。这里面收藏着人工变异出来的几种新病毒，传染性不如刚刚全息图里的那些，但也能在三个月的时间内杀死百分之九十九以上的人类。根据计算机测算，在人类基因高度相似的情况下，未来一百年内，我们被变异病毒‘血洗’的概率是百分之八十！事实上，在之前的三百年，我们在循序渐进改良基因的过程中，居然没有大规模瘟疫爆发，这已经是一个奇迹了。”

她说完了，又用大眼睛看着我，轻声问道：“刘海南先生，现在您还觉得这是个美好的时代吗？”

看着冷冻库门上标示的硕大的红色“Warning（警告）”，我突然想起了什么。

“明白了……我身上携带有没被上锁的基因！这就是你来找我的原因！”我恍然大悟。

她点点头表示赞同，“是的，刘海南先生。商用冬眠技术于2032年成熟，您在2045年进入冬眠沉睡，而基因改良技术是2052年才正式启动。您正好躲过了整个基因改良工程。和你同一时间段进入冬眠的还有八千多人，你们是拯救人类的关键。”

“才八千多人？”

“除了你们，还有一部分在基因改良工程初期的冬眠的人，但他们的基因已经被部分改良了，利用价值不如你们大。”

“原来如此……只要能够救人类，我可以完全配合你们的工作。”

菱子教授的一些发丝散下来，她用手拨到耳后，嘴唇紧紧抿着，似乎接下来的要求难以启齿。

“为了给人类一个有希望的未来，二十年前我们启动了‘火种计划’，您的基因就是我们文明延续下去的火种。所以……我们需要取一些您的干细胞。”

“我明白了，就像捐骨髓，对吗？”

“并不全像……需要断断续续注射一些先导素。希望您这段时间先不要回府邸，在这里住着吧，加强锻炼和营养，我们会给你最好的看护服务。”

她把我安排进了基地里一处幽静的住所。接下来的几天，我在护士的陪同下，慢慢熟悉了这个世界。

我也像这个时代的其他人一样，穿上了可以保持血压体温却非常难看的紧身服，吃起了搭配均衡的营养膏，甚至报名参加了一个封闭式飞行器的驾驶课程。

一如菱子教授所说，这个时代，社会和谐、人人幸福、空气清新、科技发达。诸如此类的幻象，常常会使我忘了悬在人类头上的达摩克利斯之剑。不过也正是因为这一切美好的事物，我坚定了参加人类改良计划的决心。

冬眠前我曾惧怕醒来的时候会孤单寂寞，无法适应未来社会。但我怎么也没有想到，自己会在重获新生的那一天成为“救世主”。

这让我在六百年后的孤独世界再一次找到了存在的意义……我很欣慰。

直到我再次遇见弟弟。

在稍稍熟悉了基本情况后，我获准可以在基地的部分空间自由行走。

当我再次走进布置着巨型计算机的控制室时，全息投影自动亮起。

“哥哥，好久不见了。”一位身着白色大褂的老者向我走来。

“哥哥？”即使知道这是投影，我也被吓得摸不着头脑。

“哥哥，我知道对于你来说，这难以置信。我是刘辰北，不知道他们向你透露了多少我的信息，但肯定没人能猜到，我会在计算机程序里加入识别我个人基因的插件。你的基因序列和我的完全一样，一旦你独自走入这间房，电脑就会识别，播放全息投影。我录的全息影像可以回答你的特定问题，这也算是我们兄弟最后一次的对话吧……”

我盯着这位老人，认真地端详了一番。他的脸因为岁月流逝而松弛粗糙，但依稀还能看得出当年的样子——和我一模一样的样子。辰北，我的双胞胎弟弟，没想到我们再见面是以这样的方式！

“哥哥，我带来的不是好消息。”他扶了扶眼镜，干瘪的嘴唇动了几下，仿佛下了很大的决心才说出口，“你的病并没被治好。”

“什么?！”我还在兄弟重逢的喜悦情绪中没有缓过来，这句话给了我当头一棒。

“在你冬眠后，我投身ALS（注：肌萎缩侧索硬化）治疗方法的研究，但研究的进度始终停留在缓解病情的阶段，最终也没有找到根治方法。哥哥……我对不起你！”

“这怎么可能，六百年啊！整整六百年的时间！居然一直没有找到治疗方法?！”我被突如其来的噩耗打击得情绪失控。

“其实真正的研究只持续了不到三十年。基因置换法的发明消灭了所有基因病，从那以后，就再也没有机构拨款研究基因疾病的治疗了……这个道理，你怎么会想不到呢？”

我恍然大悟，但还是想着抓住最后一根稻草，菱子……

对的，菱子教授她是一个笑起来非常漂亮温暖的女人，怎么可能会骗我呢?！

“我不相信！你的意思是……菱子教授是一个骗子？”我大声喝问。

“她并没有什么都骗你，人类确实面临着危机，火种计划也是真的。但……”他顿了顿，苍老的声音变得颤抖，“你应该没见到其他从冬眠中苏醒的人吧，你不好奇吗？”

“他们去哪里了？”我突然发现我还真是没有见过他们。

他指了指脚下。

光影又开始变化，另一幅场景被投射到房间中央：男女老少，数百具身体浸泡在独立的玻璃缸中。淡黄色的液体里，他们的身体是灰白肿胖的，面无表情，了无生机。

“她说得好听，火种计划……你的基因是火种，可你的肉体只是炮灰！”辰北的声音因为激动变得颤抖起来，“他们要刺激没上锁的基因，让它不停变异，直到在18号染色体上发现一段可以‘开锁’的基因。将它植入所有胚胎。等所有的基因锁都开了，基因多样性增强了一些，再把基因锁重新导入胚胎，在一定程度上稳定保持人类的优良性状。他们这是在试图寻找一个多样性和单一性的平衡点啊！”

“但为什么要把冬眠苏醒的人都泡在缸子里？”

“18 号染色体上的‘钥匙’基因的序列，二十多年前电脑就测算出来了，但要得到它，还要更多的变异。而变异最快的方式，不是刺激已经提出体外的细胞，而是让细胞留在体内，刺激人体，让体内的激素和细胞互相作用，从而得到他们想要的基因序列。你的身体，就是他们最理想的培养皿！”

看着全息投影里了无生机的躯体，想着自己变成他们中的一员，我不禁一阵胃痉挛，身上起了鸡皮疙瘩。

“菱子跟我说，尊重每个人的生命，是这个社会的共识，他们怎么会把人做成‘培养皿’呢？”我觉得不可思议。

“尊重每个人的生命……呵呵……每个……人！”他突然加重了语调，“尊重的对象只会是人，你会去尊重一只猴子吗？”

我被他问得莫名其妙，一时间愣在那里。

“那些改良人漂亮、高大、聪明，从每个层次上都碾压你我，他们还会觉得我们是‘人’吗？！当年光是人种之间那点细微差异引发的互相歧视，就已经到了水火不相容的地步，何况如今他们与我们的区别比人种之间的差异和区别大了何止千百倍！当人与人之间的优劣明显到了这种地步，一切通行于他们社会的道德伦理，都不会适用于我们。”

我如雷击顶，瘫软在那里。

“他们唤醒你，是为了将细胞恢复活性。”他似乎还嫌把我刺激得不够，继续说道，“注射了神经毒剂之后，你会丧失意识，但不会死，就泡在缸里，他们会拿营养液一直供着你。简直可以算是无意识地永生了。”

“他们……不是已经被改造得善良又宽容吗？不是完美了吗？怎么会干出这种事？”

“人类改良工程设计通行的完美 DNA 时，的确去掉了性格里所有不美好的品质：易怒、悲观、懒惰……但唯独保留了一项——自私。自私是古往今来社会向前走的动力。如果人不自私了，基本的经济学理论全都要作废，社会关系也会停滞不前。所以，你我面对的人，还是一群自私的家伙。他们可能温和，可能开朗，但本质和我们那个时候的人没有区别。如果你的牺牲能够换来他们的安全，自私的人当然会毫不手软。”

我觉得喉咙异常干涸，吞咽了一下，发现自己已经因为高度紧张而不再分泌唾液。我只能用沙哑的声音发问：“那我该怎么办？”

“DNA 认证法是一种古老的加密方式，随着所有人的 DNA 高度统一，它早被废除了，所以那些改良人防不胜防。哥哥，我把自己的 DNA 序列录入了两个地方，你走进去会自动认证。”

“一个地方是这里，我走进来全息投影就打开了；那另一个是……”

辰北的眼睛恢复了一些光彩，“病毒库，就是存放那些致命病毒的地方。”

听到这里，我心头一紧，“病毒库？”

“病毒库里最强的病毒会在二十秒内让人丧失行动能力，一旦它扩散，基地马上就会陷入混乱，你可以趁乱逃走。很快基地外的世界也会受到感染，城市会瘫痪，国家陷入恐慌。这个时候你要找一个安全的地方躲起来，深山孤岛什么的最好了。等到几个月后，人类被扫荡得差不多了，你可以再回到冬眠仓库，将还在睡觉的那八千多个人放出来，你们重新组成社会。当然了，八千多个人是没有办法维持现在的科技水平，你们会倒退回农业社会，但好歹文明真正的火种被保全了，所有知识还储存在书和电脑中，总有一天，你们的子孙能够把人类社会重建起来。”他皱起眉头，“那些改造人还在执迷不悟地改良基因，一条路走到黑……这种自作聪明，能拼过数千百万年的进化吗？能比得过自然选择？不吸取教训，用一个错误掩盖另一个……现在把真正的火种浸泡在缸子里，人类只有死路一条！你把病毒放出来，不但是救了自己，也是救了我们的文明。”

“你要我……杀了全世界的人？可是……如果我也被感染了呢？”我犹豫地问。

“对于我们那个时代的人，这些病毒的致死率在百分之二十三左右，你确实有一定的概率会死。就算逃过一死，你的 ALS 也会加剧，即便以后用仪器和药物来控制，你在丧失行动能力前的日子，也只有八年。是选择八年的自由日子，还是永远被泡在缸里？哥哥，这是你必须要做出的选择，我无法帮你……”

“怎么会这样……辰北，你告诉我，我究竟该怎么选？”我的眼泪不由自主地流了下来。

“对不起，投影并没有被存入该问题的答案。”

“你说话啊！我该怎么选?！”

“对不起，投影并没有被存入该问题的答案。”

他倒是真会逃避问题。

我梦游一般来到了病毒库的门口，刚贴近门，它便打开了，没有一点儿犹豫，也没有一点儿声响。

我换好隔离服，走入门内，所有加密过的设施都在我面前乖乖启动，不得不说刘辰北这小子做得还真是滴水不漏。

很快我便找到了弟弟口中的最强病毒，一小管淡红色的液体。

我捧着它，仔细端详，却实在没有勇气打开瓶盖。谁能想到，这么小小的一管液体，就是一个潜行的恶魔，能在空气、液体、土壤、人际中飞快传播，杀人无比迅猛。

“你在做什么？”一个清亮的声音划破周围肃杀的气氛。

我回过头，是菱子。

见到她，我复杂的情绪又上来了，有一千个问题想当面质问她，到了喉头却变成了咆哮，“你别过来！你们真实的目的，是要把我永远泡在缸子里！对不对！你们为什么要这样做?！”

她愣住了，显然对我居然知道了实情大感意外。可是她没有辩解，也没有劝说，只用两三秒就调整好了情绪，缓缓掏出一支小巧的镭射枪，双手举起，指向我的心脏。

我的心彻底跌了下去——这说明我从辰北那儿听来的一切，都是真的。

“放下试管，不然这就是你听见的最后一句话！”

“放下枪，不然这就是我们俩听见的最后一句话！”

我装作要砸碎试管的模样。她慌乱间透露出对枪械运用的不熟练。果不其然，一个天天待在实验室里的人，哪可能会玩枪呢?

但我也知道，一大批会玩枪的人正在往这间病毒库飞奔而来。不会超过一分钟，他们就能包围这病毒库。

这个时候，仿佛世界上的一切公式，都在我的大脑里急速运算。砸下试管，我有八成的概率不死，菱子教授不会用枪，或许我能幸免于被镭射枪烤焦。但那之后，我是否又能逃过其他人的弹雨？即使侥幸逃过，我又有几成概率能成功避开末日前的混乱，唤醒我的同伴？即使上天保佑这一切都顺利，身带重病的我能活八年？十年？我们八千个人组成的脆弱小社会，还能不能重新孕育出这样灿烂的文明？一切都充满了未知数。

但无论如何，有一件事是已知的——不砸试管，我是百分之百会被泡在缸子里的。

这时，我突然想起辰北说过的一句话：“自私，是社会向前走的动力。”

于是，我松开了握着试管的手。

“砰——”

◆第29届银河奖最佳中篇小说奖获奖作品

画骨

谷第

A面 #1

“哎哟！这是饿了多少天啊……”魏龙锡的话没说完，就被一个涌上来的饱嗝噎了一下，两道八字眉痛苦地拧在一起。

“行啦，甭废话了。你吃也吃了，喝也喝了，该说说了吧？”警察这句话说得很溜，平淡得听不出任何情绪来。

魏龙锡赶紧摆出一本正经的样子，开始了他的供述。

警察同志，我跟老天爷保证，我真没想杀他。我就是图个财，哪儿敢害命啊……

是是是，警察同志，我从头说。唉……可这哪儿算是个头呢？其实吧，要说最根儿上的原因，还得说我那前女友——“苹果”。

噢，对不起，警察同志！对，我应该说她的大名。她大名叫张萍萍，小名叫“苹果”。您是不知道，老北京管漂亮女孩叫尖果儿，所以“苹果”这小名吧……

对……对……我跑题儿了。其实可能也的确跟张萍萍没太大关系……真不是我在这儿成心绕弯子！您听我说，我给您解释为什么。

我跟张萍萍是小学同学。在如今这北京，只有小区，没有胡同，我们俩这关系也算是发小儿了，后来呢，就一起处朋友了。可是吧，她家是高干。您也知道，在北京，高干那得论堆儿撮，肯定算不上稀罕。但我们家不一样，祖辈是工厂工人，到我爸妈那辈儿呢，书也念得不怎么样，工厂又全都迁出北京了，更赚不着什么钱了。我妈年轻时干过商场营业员，后来实体店都黄了，就给小公司打扫个卫生，做个中午饭什么的。我爸原先是开出租的，后来被网约车挤得没饭吃了，改行干过快递，可吃苦受累又拼不过小年轻，最后去当了保安。

我就不一样了，不一样得连我都怀疑自己是不是他们亲生的。从小学到大学，我虽然算不上学霸，但也一直是拔尖儿的那拨儿孩子，大学一毕业又进了央企，前途一片光明。我爸妈那些同事朋友什么的，都羡慕死了，感叹自己怎么没生出这么个好儿子来……

是是是，我又扯远了。我就是想说吧：我当时那状态挺好的，觉得自己肯定能跟张萍萍结婚，过上美满的小日子。可谁能想到，她爸死活不同意！说什么我不是潜力股，没背景、没关系，用不了几年就得碰上玻璃天花板，根本就没有未来。

张萍萍一开始还向着我，可到底禁不住她爸那张嘴，还是动摇了。有一天她来找我，说得跟我暂时分开一段时间，她爸要送她去国外读个博士，回来好安排工作。她说虽然这一去至少也得五年，可她愿意等我。不过，她也跟我说了她爸开出的条件：要么混到正处级，要么身家五百万，二者必取其一，否则五年后免谈。

警察同志，您给评评理，这不成心刁难人嘛！我什么背景都没有，爸妈都快吃低保了，本科毕业才两三年，别说再给我五年，就是再给我俩五年，我也混不到正处级，更赚不着五百万啊！

“所以你就动了绑架勒索的心思？”警察适时地打断了魏龙锡的供述，直勾勾地盯着他，仿佛要用目光把他看穿。

魏龙锡堆出了一副苦笑的表情，似乎是点了点头，又似乎只是把脖子缩了起来。继而，他把整张脸埋进了咖啡杯里，大口大口地喝起了咖啡。

晤面 #1

“李重朝先生，这件绑架案的事实已经非常清楚了，我们已经掌握了大量的人证物证。‘坦白从宽，抗拒从严’这个道理，您不会不明白。我们希望您能如实供述犯案的整个过程。”警察的声音并不严厉冰冷，甚至有一点儿温暖，似乎想要融化些什么。

“整个过程？从选择目标说起？”李重朝平静地回问，他无框眼镜背后的目光清澈从容，仿佛这里不是审讯室，而是一间闲谈的茶室。

“还是从你怎么认识魏龙锡说起吧……”

我跟魏龙锡是在网上认识的。其实说“认识”可能并不准确。虽然我们俩合租了这具身体，但配对过程是“悟克网”根据我们各自提供的资料自动完成的……好吧，警察先生，我尽量不说简化语。配对是在“悟天克斯网”上自动完成的，“悟天克斯”是几十年前一部日本漫画里两个人物合体之后的名字。

其实，我并不赞同他们用“悟天克斯”这个名字，更不喜欢别人把我们这种合租身体的状态说成是合体。要知道，在任意一个时刻，这具身体里都只有一个灵魂，而另一个灵魂只能待在量子脑态暂存盒里。当然，你们大概不喜欢“灵魂”这个说法，更唯物主义的用词应该是——意识。显而易见，这具身体只有一个大脑，容不下两个意识同时并存。

是的，警察先生，我跑题了。言归正传，在我们合租身体的这两年里，魏龙锡和我都谨守合租身体的基本道德守则——不介入对方的生活。毕竟长相一样会带来很多麻烦。直到这次事情之前，我除了知道他叫魏龙锡以外，关于他的其他事情我一概不知。所以，那个时候的我没法说自己认识他。

当然，您知道我是个作家，职业习惯就是揣摩别人。我的确想过他为什么要跟别人合租身体，但可能的答案太多了。我自己的理由很简单，就是两个字——没钱。写作不用靠脸吃饭，甚至不怎么跟别人打交道，所以没必要弄一具光鲜亮丽的身体。合租身体，顺便还能合租住处，可以让我省下不少钱。这年头，作家不好混，猴子会敲键盘的话都可以说自己是作家。如果下个月再没有微媒体要我的稿子，那我连这种半日租都维持不下去了，恐怕就得改成隔日租，甚至……

哦，对了，我以后都不用担心过日子的问题了，是吧？

刚才说到哪儿了？对，半日租，我跟魏龙锡是半日租。他早上八点上线，九点上班，下午五点下班，晚上八点把身体交给我。我一般写东西要写到凌晨两三点，要是没什么灵感的话，到不了十二点就一个字也写不出来了。写完东西，通常我会吃个夜宵就睡，早上八点再由他接班。签协议时就说好了，睡觉是我的责任。反正我写五六个小时就累得不行了，大半夜的也没什么其他的事情好做。况且，负责睡觉的人还能少出一点儿费用。

“看来你的经济压力很大嘛……于是你就动了绑架勒索的心思？”警察的语气中不自觉地带上了一丝骄傲，但又不自觉地压抑着，就像赌徒参破了对手的牌面一样。

李重朝笑了，笑容中也带着骄傲，毫不掩饰的骄傲，“以我的智商，如果想赚钱，早就发财了。但写作才是我最大的兴趣！为了写作，我愿意过这种穷困的生活。至于这次绑架……”李重朝说到这儿收起了笑容，“事情的发展已经远远脱离了我的初衷。”

A面 #2

“咖啡还要吗？”

“不用了，谢谢您嘞。不过说实在的，警察局这咖啡还真是够难喝的……”

“不喝就接着交代吧！”警察没理魏龙锡这句调侃，让他觉得气氛又冰冷了起来。

嗨，说实在的，我打小也是老实孩子。学习还成，您说能淘到哪儿去啊。我琢磨着，五年升正处级怎么可能嘛，光是公务员职务升降规定也不允许啊……就想办法赚五百万呗。可是，就算穷，我也不至于一下子就动了歪念头。

您是没看见，我原来那长相，不敢说帅，好歹也是五官端正，要不然张萍萍也不能看上我啊。再加上我一直爱打篮球，个儿又高，身材正经不错。张萍萍出国那年，正赶上意识转移合法化，出租身体的买卖一下儿就火起来了。说是出租，其实有几个人真想着能拿回来啊？那就跟卖没什么区别。关键是那时候钱多啊！倒退三四十年前，卖个肾也就能买部手机。可我卖身那年……对，对，对，不能说“卖身”，是“出租身体”。我出租身体那年，毕竟是新鲜事物，好多人舍不得，不知道别人会拿自己的身体干啥去，所以是卖方市场，价格特别高。我找了个中介，最后卖了……呃，不，是租出去了，二百五十万，五年。现在你根本就拿不到这个价。

我本来想得挺好：高价把自己身体租出去，再低价租个次点儿的，这差价也得有个一百多万了。然后用这笔钱搞点儿投资，五年翻个三四倍也不是没可能的事儿。等五年一到，把自己的身体拿回来，跟张萍萍跟前一站，还是我自己，五百万呢，也攒齐活了……青春嘛，不利用一下，不就浪费了！

又过了两年，合租身体的买卖出来了。我一琢磨，这更合适，找一上夜班的搭一下，又能省一半钱。就这么着，在“悟克网”上……啊，不能说简化语啊？嘿，得嘞。“悟天克斯网”，这成吧？用不用再解释一下跟《七龙珠》有什么关系啊？不是不是，我真不是耍贫嘴。您这严肃的工作，估摸着不知道这好几十年前的漫画吧？得，不说这段。反正啊，就是这个“悟天克斯网”上边系统自动给我找的这李重朝。

这小子吧，是写东西的，夜猫子，正好跟我搭。我多出点儿钱，六成；他少出点儿，四成，但他得负责睡觉的事儿。可没过多久我就发现，这小子不地道，晚上肯定没睡够，弄得我白天老犯困，中午还得补一小觉。后来我就买了个智能手环，要求他晚上必须一直戴着，好监督他的睡眠时间。不过话又说回来了，谁没事儿闲的，花钱租个身体就用来睡觉啊？您说是吧……

“那绑架的主意是你先提出来的，还是他先提出来的？”警察把话题又带回到案子上面。

“他啊！当然是他啦！都跟您说了，我是老实孩子！”魏龙锡显得很激动。

“是啊……”警察头也没抬，手中的笔缓缓地敲着桌面。

在魏龙锡听来，警察轻轻吐出的这两个字似乎是疑问，又似乎只是随口的应和。他感觉自己的义愤填膺就像是打在海绵上的拳头，无处着力。

B面 #2

“绑架的事儿，是你们俩谁的主意？”

“我的。”李重朝半点儿犹豫都没有，“不过，我后来发现事情没这么简单。”

“哦？”警察明显对这个答案很感兴趣，扬起了半边眉毛。

对，魏龙锡这个人比我想象的复杂。听我说完，你自然就会赞同我的看法。

最开始的主意是我的。原因倒不是因为我穷，而是因为我的写作遇到了瓶颈。我人生所有的经历与情感体验都已经挖掘干净了，我需要新的历险、新的刺激。可是这种夜猫子的合租状态，大大限制了我与社会的接触，我已经很久没有写出能让自己满意的作品了。当初不顾家人的反对，我辞了公司的高管工作，成为一名专职作家，就已经没有退路了。我必须要写出成功的作品来，不仅仅是为了养活自己，更是为了我写作的梦想，为了争一口气。人生不可以退却，一次也不行。只要你退却过了，你就会习惯面对怯懦的自己，就会有第二次、第三次……无穷无尽的退却。我不能接受这样的人生，我必须成功！

于是，我决定要体验一次犯罪的感觉，写出真正的犯罪小说来，超越那些躺在被窝里臆想出来的烂作品。之所以选择绑架，一是因为它实施起来比较复杂，过程比较长，也就有足够的戏剧冲突可以去构建；二是因为它不算重罪，也不像杀人、放火会死人，万一真被抓了，不至于一关就是一辈子，更不至于以命相抵。其实，不管你们相信与否，我根本就没打算真的把这案子干成功。我要的只是体验一下而已。

如果说我的计划中有什么错误，那就是不该找魏龙锡合作。他加入进来之后，事情就全乱套了。大概冥冥中自有天意吧！

我找他，也是没什么选择余地的事情。本来我认识的人就少，而绑架这种事儿又需要有人帮我盯着另外十二小时，魏龙锡无疑是个可以考虑的选项。况且，会合租身体的人，肯定是穷人。问题只是在于，看他有没有穷到走投无路的程度。我很走运——或者应该说很不走运——魏龙锡恰恰就是这么个走投无路的穷人。

有一天，夜里睡觉之前，我在一张纸条上写了个问句：“想赚笔大钱吗？”然后把纸条缠在了智能手环上，这样等他八点钟醒来，想要查看睡眠质量时，一抬胳臂，自然就会看到我的信息。之所以写在纸上，是为了不留下任何电子痕迹，以免被你们警方察觉。当然了，从结果来看，这种小伎俩实在没什么意义。

“但的确给我们制造了一点儿麻烦。”警察把话头接了过来，“现在，犯案的过程我们掌握得很清楚了，但是策划罪案的过程全要看你们俩的供述，可以说是空口无凭。如果你们两个人各执一词，我们该相信谁呢？”

听完这话，李重朝感觉到了一丝寒意，这还是走进这间审讯室以来的第一次。不知不觉之间，他沉默了。

A面 #3

“你说他是主使，有证据吗？”警察抛出了一个疑问，却几乎没有疑问的语气。这让魏龙锡心里的困惑越来越浓，不由得更加紧张了。

是，没有证据，这我知道。李重朝这小子太精了，他一直坚持在纸上写字联络，还让我看完就把纸烧了，明摆着就是不想留下任何证据。

但是天地良心，这事儿真是他起的头。他先是传纸条问我缺不缺钱。这不废话吗，有钱谁还合租身体啊！后来他又问我想不想干点儿出格的事儿。谁不明白啊，不就是犯法的事儿吗！

说实话，我本心是不想跟他干的。可又一想吧，大家用一副身体，出了事儿，谁也跑不了，说不说得清楚都得惹一身骚，还不如跟着赚一笔呢！况且，当时我正好遇上个坎儿：我投资那个金融公司是骗人的，老板卷钱跑路了，别说翻个三五番了，就连老本都保不住了。我真是没辙了，为了我的“苹果”，哦不，张萍萍，我只能赌一把了。就这么着，我就上了他的贼船。

可我也跟您说了，我本质上是老实孩子，不敢干伤天害理的事儿，所以就问李重朝到底要做个什么案子。他跟我说是绑架，我还挺犹豫的。毕竟绑架这事儿万一出点儿岔子，有可能出人命。就算不出人命，人家里要是不给钱，你是割耳朵还是剁手指头啊？这些事儿我可都干不了，连边儿都不想沾。

要说啊，作家就是点子多。李重朝说，根本就不会出人命，因为他要绑架的不是身体，而是量子脑态暂存盒里的意识！当一个人把身体给了别人的时候，意识就只能待在脑盒儿里——对不起啊，警察同志，您就让我说“脑盒儿”吧，这“量子脑态暂存盒”也忒绕嘴了。得嘞，谢谢您啊，理解万岁！

我接着给您讲。我那天看到李重朝留的字条，一开始还觉得他真叫一个聪明，可又一想：不对啊，绑架勒索总得找个有钱人吧，可有钱人谁会跟我们似的，一天有半天在脑盒儿里待着呢？

李重朝夜里回复说，他物色好的这个目标是个富二代，为了保持好身材需要经常健身，可又懒得受那份罪，于是就花钱雇了个代练，每周会有几个晚上把身体交给代练去健身。这种事儿我当时还是头一次听说，真心觉得这帮有钱人真是闲得发慌，您说我不绑他们绑谁啊？是不是也得算个劫富济贫啊？

是是是，不该耍贫嘴……后来我就问李重朝物色的目标是谁。说起来也是巧到家了，他找好的那个目标，还是我认识的人。唉，这些情况你们肯定都掌握了，不用我说了吧？不，不是，警察同志，真不是成心跟你们绕弯子。我也不是惯犯，真是头一回坐这儿交代问题，我也不知道什么规矩啊。得，我接着说成吧？

李重朝要绑的人叫唐卯生，是我们部门的主管，一个傲气十足的“白骨精”。她爸是我们那家国企的老总，说是要让女儿从基层干起，可谁不明白啊，不就是想让她将来接班儿嘛……他们家多有钱就甭说了，这丫头人也长得漂亮，身材又棒，听说她本科是在纽约大学念的。您肯定以为她是去曼哈顿吃喝玩乐，顺便镀金的吧？结果人家接着就读了哈佛的博士，真材实料的科学家。她的个人主页我看过，也炫富，但人家不炫豪车、别墅这种没品的东西，她炫的全是各种超级烧钱的极限运动视频。“彪悍的人生无须解释！”

“说点儿跟案情有关的吧。”警察冷冷地打断了魏龙锡的无限感慨，“你具体是怎么实施犯罪的？”

“警察同志，我可全是听李重朝指挥的！”魏龙锡指天赌誓道。

B面 #3

“李重朝，”警察主动打破了沉默，“选择唐卯生作为绑架对象，也是你的主意吧？”

李重朝回过神来，抬眼静静地看着警察。几秒钟之后，他缓缓地点了点头。

的确是我选中了唐卯生，原因是多方面的。当然，首先是因为他们家富有。其次是因为我认识她，了解她的很多事情，包括她经常找健身代练这件事。而最重要的原因在于，我跟她是在小摊儿上吃夜宵时认识的，你们警方绝对查不到这层关系，事发之后也就不可能查到我头上。

我跟唐卯生的第一次碰面是好几年前的事儿了，可我仍然记忆犹新。当时是夏天，不过那天夜里还算清爽。我刚刚写完一个重要的章节，感觉能够按时交稿了，心情无比轻松，可肚子却饿得很。于是我冲到小摊上，大快朵颐地吃了一顿夜宵，结账时才发现身上没带钱。

摊主认识我，说是可以回头再补，但脸上老大不乐意，还说些不中听的怪话挤兑我。正在尴尬之间，唐卯生不知从哪儿冒了出来，替我付了饭钱。我看这个女孩虽然一副富家女的穿戴模样，但为人还算豪气，于是约定还钱的时候请她吃饭，聊表谢意。就这么一来二去的，我跟她熟络了起来。

唐卯生似乎对我很感兴趣，听我讲自己的故事时，常常是一副着迷的表情。我一度以为她喜欢我，所以还幻想过没准儿能就此入赘豪门。结果慢慢地我发现，她只是对我的经历和故事感兴趣，但对我这个人……我不知道该怎么形容，总感觉她看我的眼神和表情就好像在看一部电影一样。后来，我的人生讲得差不多了，她似乎也对我失去了兴趣。我们俩见面的次数也就越来越少。

虽说认识了这么多年，但唐卯生始终算不上是我的朋友。我承认，她是一个既漂亮又聪明的女孩子，像其他富二代一样穿着前卫，玩着最新潮的东西。可唐卯生不是肤浅的人，甚至应该说很有学识。她学过生物学和金融，也懂 IT，还能跟我讨论很多文学问题，几乎是个百事通。可是，我却一直没有办法信任她，因为作家多疑的直觉告诉我：她一定有什么事情瞒着我。而在我看来，信任是真正友谊的基础。所以我从没把她当成朋友。选她作为绑架目标时，坦率地说，我几乎没有什么愧疚感。

直到后来把魏龙锡拉进来，知道了唐卯生是他的上司，我才一度有过犹豫，怕因为同事这层关系把你们的调查引向魏龙锡，再进一步引向我。然而反过来一想，这似乎又是个有利条件。万一被人看见，或被摄像头拍到，你们是分辨不出我和魏龙锡的，所以我尽可以把一切都推到魏龙锡身上，因为他认识唐卯生，而你们不可能知道我认识唐卯生。至于我跟魏龙锡的联络策划，根本不会留下任何证据给你们。

“的确，你很聪明，计划得也算周详。”警察的赞叹听起来很是由衷，“如果有人报警，案子破了，抓住你们共用的这具身体，就算魏龙锡说你是策划者，我们恐怕也很难相信。所以，你的投案自首真的有点儿令人费解。”

李重朝长叹了一口气，说：“其实也没那么费解。自从这件事儿偏离了我的初衷之后，投案自首便成了我唯一的选择。”

A面 #4

“魏龙锡，你口口声声说是李重朝全程指挥你的，有证据吗？”警察问道。

您又问证据，我不是说了嘛，真没有。要是我能多个心眼，当初想办法把纸条留两张就好了。不过有一天我工作太忙，看完真忘烧掉了。结果第二天醒来就发现床边摆着做饭用的不锈钢盆，里面是烧成炭黑色的纸灰……大早上刚一睁眼就看见这个玩意儿，吓我一激灵，这不明摆着警告我吗？您琢磨琢磨，我们俩住一间屋，上一个厕所，睡一张床，洗澡洗的都是同一具身体，我能跟他藏什么啊？我白天还得上班呢，他晚上可有大把的时间可以在家搜东西。所以啊，我一早就没想过要藏什么证据。

李重朝这小子好像也算准了这一点，在纸条上写的东西越来越明确，越来越露骨。他先是让我利用工作机会去接近唐卯生，了解她的时间表，后来又让我跟她搞点儿小暧昧，最好能套出个家里的门禁密码才好。我本来还傻呵呵地照着做，可有一天突然琢磨过味儿来了：这事儿不对啊！他李重朝要是对唐卯生一点儿都不了解，怎么可能知道她请健身代练的事儿啊？这事儿直到我们动手之前，唐卯生也没跟我透露过半句。难不成，是李重朝认识那个代练？我也问过李重朝这事儿，可他压根儿不理我这茬儿。唉，没法面对面说话，好多事儿根本就没法谈。

而且吧，李重朝让我干那些事儿，有的我真做不来。就说让我“色诱”唐卯生这事儿吧，要搁我以前那副青春的肉体，没准还有戏，可是要靠现在这具月租不到两万的身体，门儿都没有。别说人家唐大小姐了，就连我自己照镜子都不想多看自己一眼。不过要说也邪门儿了，唐卯生好像还真看得上我……有一次工作饭局散了，我假装在离开餐厅之后又偶遇她，顺便就提出送她回家，她竟然同意了。之后我们甚至还单独一起吃了几次饭，有点儿约会的意思。当然，这些事儿单位的人都不知道。要不然出事儿之后不得查到我身上啊?

不过，我们俩也没有真的发展到谈恋爱的地步。有一次吃饭，她喝醉了，我送她回到家，问出了她家的门禁密码，把她抱到床上安顿好，也没对她做什么。其实我一直觉得她那天醉酒是装的，似乎是想诱使我犯错误。可我有我的张萍萍，对她唐卯生还真没动这个心思。况且，她只是我们要下手的目标，我可不想陷进去坏了大事。但让我有点儿想不明白的是，唐卯生好像也很满意我们之间的这种状态，不急于改变它。我真是不知道她想要干什么，难不成真把我当成灵魂伴侣了?

“拿到唐卯生家的门禁密码之后，你就动手实施绑架了?”

“那怎么可能啊?您可别忘了，唐大小姐找人代练都是夜里的事儿，那可是李重朝的时段，我的意识都在脑盒儿里放空呢。”魏龙锡说着竟然得意起来，像是捡着了一块免死金牌似的。

B面 #4

“李重朝先生，你总说这事儿偏离了你的初衷。但绑架的确是你本人实施的，你不否认吧?”警察第一次透露出了不耐烦。

李重朝苦笑着叹了口气。

唉……所以我才会说，魏龙锡这个人不简单。我一直以为自己是在控制他为我服务，结果却发现，好像是我中了他的诡计。

对，没错，绑架是我做的。唐卯生每次找代练都是夜里十二点以后，在这个时段，身体是由我掌控的，当然只能由我去行动。再者说，关键的行动，我不太放心让魏龙锡去干，也是怕出了差错，闹出人命来。

其实，有了魏龙锡搞到的密码，动手的过程就很简单了。与其说是一次绑架，倒不如说更像是一次盗窃。那天是唐卯生固定找代练的日子，我八点上线之后先吃了个饭，然后就一直守在她家公寓楼外。果然，夜里快十二点的时候，唐卯生的代练进了公寓楼。又过了半个小时左右，我看到唐卯生——或者说是她的身体——穿着健身的衣服出了公寓楼，小跑着去了附近健身中心的方向。

于是，我就用密码进了唐卯生家，看到她健身代练的身体躺在客房的床上，而身体连接的脑盒儿是关闭状态。显然，代练的意识是通过这个脑盒儿暂存，然后转移给唐卯生的。那个脑盒的旁边还有另外一个脑盒儿，通着电，“量子脑态维持中”的指示灯亮着。唐卯生本人的意识一定就应该在这个脑盒儿中了。我把这个脑盒儿转接到我带来的移动电源上，撬掉了北斗定位模块之后装进了背包里。我又留下一张索要赎金的字条，然后就匆匆离开了，什么别的东西也没碰过。

唯一有点儿出乎意料的是，唐家人有钱，用的脑盒儿竟然是非常高端的产品，不仅可以外接通用型的移动电源，本身还自带一个小型的内置移动电源。另外，为了防止误断电，任何操作，包括关机或移除内置移动电源，都需要输入密码。我首先想到的就是，这个密码大概是门禁密码做某种变换得到的，而且我觉得应该先试试顺次移位变换。结果没想到，还真让我猜中了。于是，我登录进去之后，立刻重新设定了密码，因为我不信任魏龙锡，怕他白天会乱来。我还特意给魏龙锡留了纸条，叮嘱他千万别轻举妄动，后面的事情都交给我来处理。

按我原本的计划，接下来的事情就是等着你们警方行动。你们肯定不会让唐家付赎金，那我就会进一步威胁：如果不付赎金，我就给唐卯生的脑盒儿断电，让她魂飞魄散！最后，你们查不出任何线索来，只能妥协。然后，我会调动着你们满北京城跑来跑去送赎金，体验绑架勒索过程中最刺激的环节。

你们警察大概不知道，写出好故事其实跟高水平的犯罪是一样的，先要做好功课。我之前研究了很多绑架案例。通常来讲，对于绑匪而言，最危险的环节就是取赎金。我也说了，我本不想把案子做实，也并不想要这笔钱，更不想被抓住，所以我不会真的去取赎金。只要再等上几天，我就会找适当的机会把脑盒儿放在一个妥当的地方，然后通知你们来取。至于魏龙锡那边，我只要推说事情败露，警察已经怀疑我们了，劝他放弃就好。

然而过了好几天，还是没有人用我留下的联络方式来联系我。虽然这事儿有点儿奇怪，但我还沉得住气，毕竟我本来也没想要钱。魏龙锡却表现得很激动，居然几次留纸条劝我撕票。

大概过了两周之后，仍然没有任何动静，微媒体上也没有相关的新闻。我这才觉得事情太不对劲了，于是劝魏龙锡放弃，告诉他毕竟我们不是犯罪组织，不用杀人立威，也就没必要撕票。但魏龙锡那天留给我的回复让我感到脊背发凉。他恶狠狠地在纸上写下：“必须撕票！唐卯生必须死！！”这一连串的惊叹号，把纸都划破了。

我发愁该怎么劝他，当晚就没给他回复。没想到过了一天之后再次上线，我发现唐卯生的脑盒儿竟然因为连续输错五次密码而被暂时锁定了。看来，魏龙锡并不只是说说而已，他真的付诸行动了。我完全没想到，这笔钱对于他来说竟然如此重要，更没想到他竟然是这么疯狂的人。

本来，我也可以把脑盒儿匿名交给你们警方。可我又担心一旦这么做了，已经失去最后机会的魏龙锡会迁怒于我。毕竟，在白天的十二小时里，我就像现在的唐卯生一样是待在脑盒儿里任人宰割的状态……这事儿越想越恐怖，我最后才选择了立刻投案自首，没再给脑盒儿里的魏龙锡任何机会。

“在投案自首这件事儿上，你做得不错。我们会为你争取减刑。但是……”警察意味深长地顿了顿，“你并没有交代清楚所有问题。还是希望你能看清形势，为自己争取从宽处理的机会。你主动交代的东西跟我们用证据确认的东西，那可是性质完全不同的。”

李重朝脸上不露声色，心里却已经绷紧了。

A面 #5

“警察同志，为了把我从脑盒儿里放出来受审，您也给我找具差不多的临时身体啊！我这刚吃完没多会儿，又饿得不成了。这具身体什么情况啊？是街上要饭的，还是正减肥呐？”魏龙锡一边说，一边使劲揉着肚子。

“问题交代清楚了，自然会让你吃饱饭。”

“合着这满满的都是套路啊？从肉体上饿着我，算不算是刑讯逼供啊？您倒没给我找个癌症晚期来，让我干脆求生不得、求死不能，那我招得更快。”

“你也不用耍贫嘴，我们的操作流程都是合法合规的。供临时调用的身体资源本来就很有限，没有人要故意为难你。但你心里也有数，你并没有把该交代的问题都交代清楚。”警察义正词严。

“我主要就负责接近唐卯生，搞到她家的门禁密码。后来的事儿都是李重朝那小子干的，跟我没半点儿关系。”

“李重朝说你意图通过切断量子脑态暂存盒电源的方式，杀害唐卯生。”警察着重强调了杀害两字，紧紧盯着魏龙锡的反应。

“您可不能相信他！他这是给自己脱罪呢！我杀唐卯生为了啥？拿不着钱就算了，我们又不是黑社会，还非得撕票啊？”魏龙锡又激动起来。

“你就没有任何杀人动机吗？”

“当然没有了！”

“李重朝似乎并不这么想。你大概还不知道吧，为了不让你得手，李重朝是带着唐卯生的脑盒儿和你的脑盒儿，主动来公安局投案自首的。”

魏龙锡愣住了，足足愣了将近一分钟。今天审到现在，他这是第一次被震慑住了，被一个自己绝对猜不到的真相震慑住了。

“神经病啊！”魏龙锡回过神来，破口大骂，“他叫老子跟他一起做这案子，结果自己又来自首，什么意思啊？我还纳闷儿呢，这好端端的，怎么就被警察给抓了啊？他不想干甭干啊！他当我就想犯罪啊？他不想干了，把那个姓唐的放了不就得了！他自首是什么意思啊？坑我啊？”

魏龙锡接着还想飚脏话，但是只开了个头就被警察厉声喝断了：“魏龙锡，我警告你搞清楚状况！这里是你发飙撒野的地方吗？”

魏龙锡极不情愿地闭了嘴，歪着头，恶狠狠地瞪着墙脚。审讯室里顿时安静得可怕，甚至能听到空调出风口的嘶嘶声。

“你上次见父母是什么时候？”警察突然抛出了一个看似无关的问题。

“去年……去年春节吧。他们回北京来跟我过年。提前退休之后……他们一直在山东舅姥爷家那边住，说是……说是那边花费少，能给我省点儿钱。”魏龙锡答得磕磕绊绊的，继续低着头，不敢看警察。

“你在撒谎！魏龙锡，你这五年来根本就没见过你父母！”警察的声音突然提高了许多，吓得魏龙锡浑身一哆嗦。

“我……我……我不敢见他们。换了具身体，根本就没脸见爸妈。可是……你们是怎么知道的？这跟唐卯生这绑架案有什么关系啊？”

“有什么关系？你心里比谁都清楚……”警察轻哼一声，似乎早就料到了魏龙锡的反应，“还不想交代，是吧？那我再问你，你听说过‘脑态量子标识簇’吗？”

这次魏龙锡更加疑惑了，下意识地摇了摇头。他是真没听说过这个词。

“那我就给你解释解释。”警察又恢复了不动声色的语气，“脑态量子标识簇是量子脑态暂存装置中的一部分量子态数据，实际上在每个数据块中都存在。同一脑态中的所有标识簇是同时生成的，内容完全一样，而不同脑态的标识簇之间是不会重复的。可以说，脑态量子标识簇就是脑态暂存数据的指纹，成了区分、识别不同意识的关键所在。”

听到这儿，魏龙锡的脸色已然煞白了。

警察没有停下来的意思，继续说道：“当一个人第一次使用量子脑态暂存装置时，系统会分配一个标识簇给他，并且是全球唯一的。此后当脑态被写入一具身体时，标识簇会占据几个平常无用的神经元。这具身体以后再次使用暂存装置时，神经元记录的标识簇数据也会一起读出，从而确保‘一脑一簇，不重不变’。当你的脑态被写入现在这具临时身体的时候，我们的技术部门顺便就调取了你的标识簇……”

“不用说了。”魏龙锡颓然地打断了警察的话，“于是你们就知道了：我的意识，不过是唐卯生意识的一个拷贝而已……”

“魏龙锡，没必要再心存侥幸了。”警察的语气不自觉地软了下来，他几乎有点儿同情眼前这个缩在审讯椅里的人——他的身体不是他的，他的意识也不是他的。那他究竟算是谁呢？

但警察的职责所在，还是要继续问下去：“赶紧老实交代吧：你又是怎么知道自己是唐卯生的意识拷贝的？”

嘛 #1

“唐小姐，别这么激动，请坐。”警察很是客气，“需要喝咖啡还是喝茶？”

“警察局的咖啡和茶？哼，算了吧……”唐卯生一屁股坐在审讯室的椅子上，发起了牢骚，“你们把我请来，让我一等就是一个多小时，连个人影都没有。什么意思啊？说是协助调查，怎么搞得跟要审讯我似的？”

“不好意思，唐小姐，我们会客室不多，全都占着，实在是抱歉。”警察的态度非常谦和，“这次请你过来，其实是因为在量子脑态暂存装置方面有一些我们不太理解的技术问题。听说你在美国哈佛大学攻读博士学位的时候，专业方向就是这个。能不能帮我们答疑解惑啊？”

“对不起，我的博士研究方向还真不是量子脑态暂存技术，而是量子脑态编辑技术。那可是非常基础、非常前沿的学术研究！暂存技术是什么玩意儿啊，都已经烂大街了，你到中关村随便抓个人问问就成了，根本不用找我。”

“哦？那能给我们科普一下什么是量子脑态编辑技术吗？”警察似乎很感兴趣。

唐卯生无奈地叹了口气，“成吧，来都来了，就给你们说说吧。你们肯定知道，之所以用量子存储技术来存储脑状态，是因为脑状态的数据量太大了，远远超出了其他存储技术的能力范围。然而，量子存储也有它的问题，就是只能一次性读写，所以在写回身体之前，不能访问这些数据，更不能编辑，否则就会导致量子纠缠态的坍塌，从而损毁数据。当然，也有人说这是优点，可以保持脑态数据的纯粹性与天然性，防止人为篡改。”

“这似乎是技术本身的屏障，无法跨越吧？况且也是个好事儿啊。”警察插嘴道。

“没错，这个技术屏障的确无法跨越。但科学家们可不觉得这是好事。当年研究基因组，测了全部的序列之后就是分析解读，再然后就是人为编辑，很快还创造出了人造基因组的生命。在这件事儿上，科学家的心态跟菜市场里买菜的大妈没什么区别：只许看，不许摸？那是绝对不能接受的！”唐卯生似乎很得意自己的这个比喻，妩媚地笑了笑，继续说道，“我在哈佛读博的导师就是这方面的先驱人物。他提出了一个变通的想法：既然脑功能是分区的，就可以把不同脑功能区域的状态导入不同的量子存储块中，这样虽然不能做细节的编辑，但已经足以让我们把不同脑功能的暂存数据分离开。比如说，我们可以把记忆相关的脑区数据分离出来，也可以把某种感观相关的数据分离出来。实际上，如果按照这个思路继续细化下去，完全可以用更小的量子存储块对应更小的脑区，从而实现细节上的分离与替换，也就变向实现了编辑。只不过，这样一来，实现成本会非常高，不是普通人能够承受的，读写时间也会变得很长，失去了实用价值。”

“那么分离了人格与记忆的量子脑态，写入新的身体之后，仍能保持思维的连贯性与敏锐度吗？”警察饶有兴趣地继续问。

“你这个问题问得很专业！”唐卯生由衷地赞叹道，“实际上，人脑与人脑之间的器质性差异，远比我们想象的要小。量子脑态转入新的身体后，通常能复现接近原有水平的脑功能。至于人格与记忆的剥离，自然不会影响思维的水准。”

“哦，”警察似乎是明白了些什么，又似乎是想起了点儿什么，“那你说，脑态量子标识簇能编辑修改吗？”

这个看似漫不经心的问题却让唐卯生高挑健美的身躯僵硬住了。她抬眼看看警察，发现对方也在死死盯着自己。于是，她尽量压抑自己想要躲开这道目光的本能，缓缓答道：“不能。没有人这么做过，也不太可能做到。”

“那就很有意思了……”一边说着，警察摊开了手中的一个文件夹，推到了唐卯生面前，“你应该知道吧，根据美国的法律，实验性质的脑态暂存操作都要备案。于是，你在哈佛用自己做脑态暂存实验时，你的脑态量子标识簇就已经在美国安全部门的数据库里了。根据国际刑警组织达成的协议，我们与美国方面会共享这些标识簇数据。最近我们接收了一位意识存在脑盒儿中的嫌疑人，名叫魏龙锡。就在我们把他的意识写入一具临时身体时意外地发现：他的标识簇竟然在数据库中有一个匹配者！而这个匹配者，就是你！看看这些标识簇数据的比对结果，不知道你这位量子脑态的专家作何解释呢？”

被将了一军，唐卯生终于收起了玩世不恭的态度，低着头沉默了。警察没有打扰她，只是耐心地等待着。

时间不长，唐卯生抬起了头，表情虽然不再骄横，但始终还有一丝傲气。她用翘起的食指优雅而随意地捋了捋略微凌乱的刘海儿，开口说道：“当我被带进这间审讯室时，就知道事情不对。会客室不够用这种借口，鬼才会相信。没错，我的确私下复制了自己的意识。”见警察脸上难掩的惊讶，唐卯生又找回了几分得意，“你也不用太吃惊，虽然技术难度很大，但复制意识的确是可以做到的。要不是受制于难缠的伦理道德审查，国内的顶级实验室应该都有三粒子量子纠缠的技术实力……”

见警察听到这儿皱起了眉头，唐卯生脸上的傲气更盛了，“怎么跟你们解释呢？就说正常的量子脑态存储过程吧，每组纠缠粒子是两个，一个用于读出意识状态，一个用于存储。这一点，你总不会不清楚吧？你想想看，如果每组纠缠粒子是三个的话，就可以多出一个粒子用于存储，于是就能存出两套一模一样的脑态来。当然了，小型化的三粒子量子纠缠生成装置不是谁都能搞的。我用的这套设备是从哈佛带回来的，由我自己亲自设计组装，全世界仅此一套。”

警察完全没理会唐卯生的得意，只是疑惑地问：“那你复制出来的这两个意识中，哪个才算是你自己呢？”

唐卯生微微点了点头，说：“又是一个好问题！刚复制出来的时候，存在两个脑盒儿里的两个意识副本是一模一样的，无法区分。当其中一套意识写回本人的身体之后，这就成了法律上说的‘意识本体’，而另一个意识副本就成了‘第一意识拷贝’。不过，为了不给自己找麻烦，同时也是为了做实验，我故意在两个副本之间制造了很大的区别。复制意识的时候，我同时采用了分模块存储技术，然后拿掉了意识拷贝的一部分人格数据和几乎全部的记忆数据。不仅如此，我还把这份意识拷贝写入了一个男人的身体里……别担心，我没杀任何人！接受意识的身体是刚刚脑死亡的病人——当然，这是从黑市上花大价钱买来的。等这男人苏醒之后，我又用催眠的方式给他赋予了并不存在的记忆……哟嚯！就这样，魏龙锡被我创造出来啦！”唐卯生一脸轻松，就好像她完成的是一幅随手画就的涂鸦似的。

“你为什么要这么做？”警察不解地问。

“答案太简单了：为了玩啊！我跟那些土包子富二代不一样，他们玩豪车、玩美女、玩飞机，是因为他们的智商玩不了更高级的东西。所幸，我足够聪明，还有一个有远见的老爸，让我一直读到了博士，才体会到了科研的乐趣。”

“对啊，你曾经也是一名科学家，怎么会做出这样的事情来？”警察问。

“警察先生，你太不了解科学家这个群体了！科学家才是这个世界上最会玩的人。他们用政府的钱和企业的钱，玩着他们自己感兴趣的玩意儿，甚至一玩就是一辈子。他们所玩的东西带来的是一种极致的乐趣，根本不是普通人能够理解得了的。”

“那你为什么不以科研为职业呢？你完全可以用所谓的‘玩’，为国家、为人民、为全人类做贡献啊！”警察语重心长地说。

“你知道科学家最悲催的是什么吗？那就是，他们总要像乞丐一样到处要钱，用以支撑自己的研究工作。也难怪，你要花别人的钱，玩自己的把戏，那总得给别人个理由吧……可我才不干那低三下四、求爷爷告奶奶的事儿呢！我家里有的是钱，想怎么玩就怎么玩，想做什么科研就做什么科研，谁也管不着。意识复制这件事儿绕不开伦理道德审查，一直开展不起来，可是如果你不复制意识，怎么能检验脑态编辑的真正成效呢？那些制订伦理准则的老学究，他们懂什么！”唐卯生咽了口吐沫，让情绪稍稍平静了一些，“更何况，你能想象吗，看着一个拥有与自己基本相似思想的人，却有着不同的记忆、不同的性格，甚至是不同的性别，那是何等神奇的感受啊！恐怕当初上帝看着夏娃与亚当嬉戏时，也不过如此吧。更奇妙的是，你甚至有可能自我重生！永远活着……警察先生，你说世界上还有比这更好玩的事情吗？”

警察在唐卯生的眼中看到一种迸射而出的狂热光芒，但他已经不想再纠缠技术问题了，“唐卯生小姐，既然你是这方面的专家，那你肯定知道：任何未经政府特别许可的意识复制行为都是违法的。”

“当然知道，所以我现在是罪犯了，对吧？”

警察笑笑说：“看来你还不太懂法律啊。准确地说，你现在跟那个魏龙锡一样，只是犯罪嫌疑人。”

“他只是有嫌疑而已？”唐卯生不假思索，问题脱口而出。

“怎么？唐小姐对魏龙锡的案子也有所了解？”警察脸上的表情似笑非笑。

“我……我怎么可能知道？复制出来的意识拷贝做了什么事情，跟我半点儿关系都没有。”

“那你可就说错了。他的案子跟你还真有关系。实际上，这正是我们最好奇的地方，因为他和他的同伙声称绑架了你的意识。”警察故意把“你”字说得很重，然后意味深长地把唐卯生从头看到脚，又从脚看到头，“难不成，你只是空有唐卯生的身体，脑子里面却是别人的意识？”

唐卯生的声音陡然提高：“胡说！哪儿来的绑架啊？你们大可以现在就来检测我的标识簇啊！看看我到底是不是唐卯生！”

“不必那么麻烦。既然你这么说，那我们相信你。但你要如何解释他们声称绑架了你呢？”

“警察先生，那是他们的问题，不是我的问题，好不好？”唐卯生一脸不屑。

警察此时收起了笑容，严肃地说：“唐卯生小姐，你现在是一名犯罪嫌疑人。为了你自己好，希望你能主动交代问题，好好配合我们警方。尤其是我们接下来的行动，需要你的协助。说起来，魏龙锡的同伙也是你的老相识啊。”

B面 #5

李重朝似乎是费了很大劲才下定了决心，“警察先生，你说我还有没交代的事情，其实我心里清楚是什么。但是，除了这个，我手里也没什么别的筹码了。所以，咱们做个交易吧：我全部交代，你们给我减刑。”

警察不禁哑然失笑，“作家先生，您大概是为了写作而研究美国影视剧，看得太多了吧？罪犯与检方在庭审前达成认罪协议，那是美国的法律。咱们中国可没有这个制度。”

“你们真的不在乎？那可是一条人命啊！”

“我们当然在乎每一位公民的生命。但是，你大概是自信过头了吧？”

“我看是你们自信过头了。我现在只差唐卯生脑盒儿的密码没告诉你们了。虽然你们可以一直给它通电，不至于让唐家小姐魂飞魄散，可是没有我重设的密码，你们也永远没办法把她的意识重新写入她的身体里！”

“说的也是啊……为了这件事儿，我们还真请了一位专家来，你看看认识不认识？”警察挥手指了指审讯室的大门。

李重朝捧起自己的手铐链，缓缓转过身看着审讯室的大门。当门打开的那一瞬间，他立时呆住了，因为在审讯室门口站着的不是别人，正是唐卯生。

但是，李重朝随即就醒悟过来了，“警察先生，你们拿我当三岁小孩儿吗？你们肯定是把别人的意识写入唐卯生身体里，来骗我的吧？这该不会就是那位代练小姐吧？”

“重朝，是我，真的是我，唐卯生。”看着李重朝戴着长链手铐的窘迫模样，唐家小姐一时间似乎竟有些动情，不禁哽咽了。

“真的是你……怎么……怎么可能？”李重朝好像乱了方寸，声音有些颤抖，“那……那你说说，咱们……咱们第一次在小摊上一起吃饭，点的什么菜？”

“你点的韭菜墨鱼仔和香辣蛏子，说是你们家乡菜，但我嫌小摊上的海鲜处理不干净，一口都没碰。我点的是宫保鸡丁，最后连葱段儿都吃干净了，还被你笑话。我就给你解释说，是因为我在美国读博时没别的做得好吃的中餐，就全靠这个菜活命了。那天小摊上的啤酒还卖完了，你跑去旁边的便利店买了半打听装的百威，一边喝还一边骂这美国啤酒太难喝……”

“真……真的是你，唐卯生？那……那在脑盒儿里装的是谁？里面明明有数据啊！”

“那……那根本不是我的脑盒儿！我人都在这儿了，你就……就别装了。到底绑了谁，你快跟警察说实话吧……”唐卯生突然扭捏了起来。

“怎么可能？我亲自从你卧室里把这个脑盒儿带出来的，难道还能有假吗？”李重朝的眼睛都已经急得充血了，被眼镜片放大之后，更显得恐怖。

“你为什么要说谎？”唐卯生拧紧了双眉。

“你为什么要说谎？”李重朝的整张脸都拧到了一起。

一时间，两个人僵持住了，互不相让。

警察突然插话道：“要我说，刚才李重朝先生见到唐卯生小姐时的惊讶，不像是装出来的吧。脑盒儿里面到底是谁，还是请唐小姐告诉我们答案吧？”

望着警察意味深长的笑容，唐卯生才发现自己不是被叫来帮忙的，而是被警察又摆了一道。她试图继续抵赖：“我怎么会知道里面是谁？鬼才知道这个脑盒儿是从谁家里偷来的！”

“当然是从你家拿出来的，就是你找健身代练的日子。我知道你是一个人住，脑盒儿里面要不是你，那就只能是……你的健身代练？”

唐卯生没有立即回答李重朝的问题，而是怯生生地望向了警察，却只撞上一道如炬的目光。这一次，她迅速躲开警察的视线，低下了头。但她很快就做了决定，“唉，交代就交代吧，做一次跟做两次有什么分别啊？其实我又复制了一个自己意识的拷贝，放在了脑盒儿里。”唐卯生回答了李重朝的问题，却是冲着警察的方向。

“你能复制自己的意识？这怎么可能？你复制意识做什么用啊？难不成你早就知道我们要去绑架你的脑盒儿？”李重朝那张不怎么英俊的脸上写满了问号。他紧紧地盯着唐卯生，似乎盯着一个不太真实的存在，生怕她随时消失不见。

警察同样盯着唐卯生，脸上却显得异常平静。

唐卯生这才意识到，警察想要借机从她这儿挖出来的东西还不只这些。“对，我早就知道了你们的计划，因为魏龙锡这个人根本就不存在，他只是我几年前构建出来的一个意识拷贝而已。”说完这句话，唐卯生略作停顿，想要看看李重朝的反应。不出所料，他吃惊地张大了嘴，下巴都快掉下来了。

不容李重朝提问，唐卯生继续说道：“我后来发现，不知道是不是由于复制时候产生的量子纠缠的原因，我和拷贝之间会有一种类似于孪生子的心灵感应，能够模模糊糊地接收到他们最强烈的情感。本来魏龙锡最初主动来接近我的时候，我还挺开心的，想着可以近距离欣赏一下自己的作品。随着接触的增多，我逐渐能感受到他的爱意。然而有一天，他的情感却突然变成了强烈的恨意，令人毛骨悚然的恨意。于是，我雇人做了一些调查，这才知道了他跟你的绑架计划。你大概没发现吧，你们的屋里早就安装了窃听装置。”说完，唐卯生又望向了警察，不过对方似乎没兴趣追究这项小小的犯罪行为。

“哼，折腾了半天，竟然……”李重朝转回身来，长长地叹出一口气，垮在了椅子上，似乎全身上下的骨头都被人抽掉了一样。

“可以告诉我密码了吗？”警察仍不放弃。

“还有意义吗？”李重朝有气无力地回问。

几乎是同时，唐卯生困惑地问道：“什么密码？”

警察没有理会唐卯生，而是冲着李重朝回答道：“为了物证的完整性，当然有意义。”

“那就告诉你吧。”李重朝努力坐起身来，拉过跟前早已准备好的纸和笔，写下了自己为唐卯生脑盒儿重新设定的密码。

“谢谢你的配合！”警察一边说着，一边把写有密码的纸折好放进口袋，然后又像是突然想起了什么，随口说道，“对了，李重朝先生，你知道吗？你也只是唐卯生小姐的一个意识拷贝而已。”

李重朝和唐卯生都愣住了，目瞪口呆地望着警察，只是那讶异的目光中，又有些许微妙的不同。

A面 #6

警察同志，“安娜·科尔曼·莱德”这个名字，您肯定没听说过吧？千万别自卑，没听说过特正常。她就是上个世纪初一位不入流的女雕塑家，美国人，混巴黎的。她平常是做庭园雕塑的，雕那种只穿一块遮羞布的男神、女神、小爱神，也就混口饭吃吧，根本算不上艺术品。但是，第一次世界大战给她带来了一笔好买卖——做假面，就是面具。

您大概听说过，一战后期全是堑壕战，露个脑袋就会被狙击，结果造就了人类历史上数量最为众多的面部伤残军人群体。可那时候又没有整容手术，大家只好求助于雕塑家，做个金属的假面。在这一行里，安娜也算是翘楚，生意红火，因为她做的假面惟妙惟肖，嘴上还开了通气孔，下巴上还做了金属胡须，方便这些绅士们一边说话一边捻着玩儿。

可是，有的人对这假面很适应，一直戴到死；有的人却很讨厌这假面，甚至不敢在镜子里看自己，只想寻死。想想看也怪不得他们，在镜子里看到自己跟《歌剧院魅影》里差不多的尊容，换了是我，也不想活了。

从那个时候起，生物学家、神经学家，还有心理学家就一直在探究一个问题：自我到底究竟是个什么玩意儿？生物学家已经证明：自我意识并不是人类的专利，海豚和某些鸟类同样能够明白，镜子里那个映像是自己，而非别的什么同类。而神经学家又已证明：自我意识与自己外貌之间的联系是因人而异的。对于那些轻易就接受了假面的伤残军人来说，自我是意识、是灵魂、是内心，就算装到一具机器躯体里，他们的自我仍是自我。可对于那些选择结束生命的伤残军人来说，外在同样是自我的一部分、固定的一部分、不可或缺的一部分。

我，魏龙锡，大概是后者吧。

送唐卯生回家那天，她的确是喝醉了，醉到开始说胡话。我本来只是想多套些情况出来，方便李重朝行动。没想到，唐卯生竟然告诉我，她能够复制人的意识，并且还真的复制了自己意识的拷贝。我就问她复制了干什么用，她就在那儿闭着眼傻笑。最后，她神秘兮兮地告诉我：其实我就是她的意识拷贝。我想她肯定是喝多了，也就不以为然。结果唐卯生还认真起来了，揪着我问："这些年你见过你父母吗？还有你的中学同学、大学同学，你见过他们之中的任何一个人吗？你跟他们之中的任何一个人通过电话吗？对了，还有你的张萍萍，是不是一样杳无音信？你真以为她在美国读博，没空搭理你啊？在美国读过博的是我！被逼去读博，还失去了爱人的也是我！我……"当她吼出张萍萍的名字之后，我才意识到她没有撒谎，因为我从未对她提过张萍萍的事，就连跟李重朝也没提过。看起来，我的一切爱恨情仇，只不过是唐卯生编出来的一篇拙劣小说而已，而我竟然还要死要活地为了这份感情准备去犯罪！

就在那个时候，我开始恨唐卯生了，恨到牙根儿痒痒。曾经，我过着让身边人羡慕的人生，却为了那个根本不存在的女朋友放弃了身体，放弃了一切，还输得血本无归。而她，有着跟我同样的思想、接近的意识，却拥有连富二代都要顶礼膜拜的彪悍人生。凭什么？就因为我是她的一个拷贝吗？是她的一件玩偶吗？

"这就是你的杀人动机。"警察既像是询问，又像是总结。

"是，但只是一部分原因。"魏龙锡咽了口吐沫，润了润因为激动而略有些沙哑的喉咙，继续说道，"等我冷静下来，查阅了相关法律发现：私自复制意识是违法的。而对于多个拷贝的处理，法律规定：在意识本体与第一拷贝之中，谁占有原身体的时间更长，谁就有权决定所有意识拷贝的命运。说白了，现在决定权不在我这儿，而是在唐卯生那儿。她既可以选择永远封存我这个意识拷贝，以待将来法律有变，或她自然死亡；也可以选择直接切断电，让我灰飞烟灭。”

“所以你决定先下手为强，借这个绑架的机会，让唐卯生灰飞烟灭？”

“的确如此。我已经不在乎那笔钱了，一心只想着杀了唐卯生，让我这个拷贝合法化。可没想到李重朝不但不愿撕票，还给脑盒儿设了个密码。”魏龙锡咬牙切齿地说。

“所以你也恨李重朝？”

“没错！”

“可你一定不知道，李重朝跟你一样，也是唐卯生的一个意识拷贝。至于你们俩谁才是第一拷贝，那可就很难说了……”警察微笑着吐出这句话。

魏龙锡犹如挨了一记重拳，脑袋嗡嗡作响。突然，他笑了出来，“哈哈，机关算尽，到头来却是……真是知人知面不知心啊！哈哈哈！”魏龙锡在狂笑，笑到停不下来。

口面 #2

“我承认，魏龙锡是我的意识拷贝。可你们凭什么说李重朝也是我的意识拷贝？”唐卯生在审讯室刚一坐下，就迫不及待地嚷嚷起来，“你们有证据吗？没有证据就是污蔑，是欲加之罪！小心我们家的律师让你们吃不了兜着走！”

“要证据是吧，李重朝的标识簇数据……”

警察的话还没说完，就被唐卯生打断了，“你们读出来也没用！不信就试试把李重朝跟脑盒儿连上。他要是跟我标识簇数据一样，我就跟他姓！”

“唐卯生小姐！”警察的耐心似乎已经用完了，厉声呵斥道，“请注意你的用语！审讯室不是撒泼耍赖的地方！”

唐卯生明显是被震慑住了，极不情愿地闭了嘴。

“唐小姐，请让我把话说完。的确，李重朝的标识簇数据与你和魏龙锡的不同，无法证实他是你的意识拷贝。但你不要以为我们就没有其他技术手段了，更不要以为你在这个领域就是世界第一。”

唐卯生似乎极为不屑，“哼，国内那些培养博士的实验室，根本到不了我的水平。我能做的技术，他们根本就做不了。”

“比如你能修改标识簇的数据？”警察看似漫不经心的一问，让唐卯生打了个激灵。她的声音都不自觉地颤抖起来：“我……我……没……没这回事！”

“你不承认也没用。我们聘请的技术专家已经通过与魏龙锡全脑态数据的比较，证明李重朝跟魏龙锡互为拷贝关系。虽然计算过程复杂，甚至动用了中科院的计算集群，但结果是确定的。也就是说，他们都是你的意识拷贝。我们只差与你的全脑态数据进行比较分析了。”警察顿了顿，继续说道，“当然，你可以继续抵赖，但考虑到你当前嫌疑人的身份，对你进行脑态数据分析只是迟早的事情。现在，交代与否，就全看你自己了！”

唐卯生低头避开了警察犀利的目光，紧张地盘算着。良久，她像是下定了决心，“我接到你们的电话，就知道大概是为了绑架这件事。我当然也知道自己的标识簇数据已经备案，所以也做好了你们发现魏龙锡是我意识拷贝的心理准备，但我真没想到你们竟然会发现李重朝也是我的意识拷贝……”

“那为什么他的标识簇数据跟你的不同呢？”警察追问道。

“魏龙锡是我的第一件作品，那个时候我的确还没有修改标识簇的能力。等到复制李重朝时，我在脑态编辑方面已经发展出了很多新技术。通过不断进行自我意识复制的实验，我不仅能修改个性与记忆，还找到了修改标识簇的方法。我相信，世界上只有我一个人掌握了这种技术，因为别人都没有可能开展这么多次的意识复制。但我始终需要在真人身上做一次实验，检验脑态编辑的实际效果，所以才有了李重朝。他不仅标识簇与我跟魏龙锡不同，甚至就连性格也有所差异。魏龙锡是我忠实的拷贝，跟我一样冲动，可你不觉得李重朝的性格要沉稳得多吗？”唐卯生略一沉吟，“对了，所以你们一开始才会问我能不能修改标识簇，是吧？你们那个时候就已经知道了？可你们是什么时候做的脑态比较？就算用计算集群，这也得计算很久吧？”

听了唐卯生的一连串问题，警察笑了，有些得意，又有些尴尬，“虽说现在是科技时代，但破案往往还是需要技术之外的东西。我们的确咨询了一位专家，但他告诉我们这种脑态数据比较很难操作，需要巨大的计算量，耗时不菲，而结果也很难是确定性的。其实，我们只是有这个怀疑而已。听了李重朝和魏龙锡的供述之后，我们发现你对他们两人有着同样的无法解释的痴迷。后来知道魏龙锡是你的拷贝之后，我们就隐隐猜到，李重朝也应该是你的一个拷贝。”

“就凭这个？”唐卯生不敢相信自己轻易就被警察诈出了真相。

“当然不仅如此。真正让你露馅的，是你给他们俩起的名字。你们这些综合素质强的人，一般都很会写文，要不然李重朝这个拷贝也当不了作家。但问题就在于，你们太喜欢玩弄文字了。李重朝曾经给我解释过，你是 2047 年 4 月 28 日早上 5 点多出生的，正好是阴历丁卯年四月四日卯时，属兔。你爸拿着八字请某大师一算，就给你起了‘卯生’这个名字，面南背北，左青龙，右白虎，大吉大利。龙在十二生肖里，排在兔的后面，也就是说，兔在龙的左边，位于西面。魏龙锡，魏龙锡，位于龙的西面，那不就是你卯生小姐嘛。想明白了这一层之后，李重朝的名字就很明显了。”

“哦？”唐卯生轻蔑地看着警察，眼中却是怒火。

“大家都知道，唐朝的国姓就是李，而朝就是东，至于重嘛，古代白话称虎为大虫，所以李重朝就是虎之右。那不还是你卯生小姐吗？”

“哼，还以为我打的这个字谜永远没人能参透呢，没想到最后竟然是败在这件事上……”唐卯生苦笑着摇了摇头。

“唉，真是可怜可叹啊！你肯定想不到，当魏龙锡知道李重朝也和自己一样是你的意识拷贝时，他感叹了一句：知人知面不知心。但其实呢，他要是知道他们俩名字里的渊源，大概会感叹另外那半句吧——画龙画虎难画骨啊！”警察发自内心地感慨道。

“你们警察不是只讲法律吗？现在也做道德评判了？”唐卯生毫不掩饰语气中的嘲讽，“不过，复制一次和复制两次三次又有什么分别呢？就算把黑市买躯体那些事儿都算上，我顶多也就判个三五年。况且，真上了法庭，跟我们家请的高价律师团对垒，你们也未必就有胜算。”唐卯生的傲气就像是烧不尽的野草，重又疯长起来。

“说的也是。”警察竟然表示了赞同，可又话锋一转，“但是如果再加上绑架未遂呢？”

“绑架未遂？这跟我有什么关系？在这个案子里，我可是受害者！”

“但你别忘了，实施犯罪的，也是你的意识！”

“那顶多也就算是自己绑架自己，有罪吗？”

“自己绑架自己的确没罪。可我得提醒你，李重朝留下了索要赎金的字条。根据现在的刑法规定，自我实施并未真实发生的绑架行为，并以此向家人勒索钱财的，视同绑架量刑。”

“你……”唐卯生气急败坏，却又说不出反驳的理由来，“你不用跟我在这儿讲法律，跟我们家律师讲去吧！你现在要逮捕我吗？”

“暂时还没有这个打算，但请你配合调查，一个月内不得离开北京。”

“好，那我要回家了，请把我的脑盒儿还给我。那个脑盒儿顶你好几个月的工资呢！搞坏了，你们公安局可赔不起！”

“对不起，脑盒儿你不能带走，因为它是这起绑架案的重要物证。我们会把其中的意识写入一具身体里，以便进一步查证。”警察说得不急不徐。

“你……你们难道还想再制造一个我的拷贝吗？现在的情况还不够乱吗？再者说，我不会给你们密码的。没有密码，这个脑盒儿读不出来的。”

“哈，你还不知道吧，你的密码已经没用了。绑架那晚，李重朝试出了你的脑盒儿密码，当时就重新设定了。他刚刚写下的，正是他给脑盒重设的新密码。”警察气定神闲地说。

“他怎么可能试出来我的密码？”唐卯生一副难以置信的表情。

“我还真想过这个问题，原因大概就是在于……你们有一样的思维模式吧。”

唐卯生欲言又止。

警察没有给她喘息的时间，“唐卯生，你要搞清楚，我们警方掌握的情况远比你想象的多！你现在只有主动交代这一条路可以走！”

面对警察的强攻，唐卯生仍不放弃挣扎，“不用再诈我了，我……我没什么可交代的了……”

“是吗？需要我提醒你吗？这个案子似乎只是涉及了你和你的两个意识拷贝。但其实还有第四个人——你的健身代练！她去哪儿了？为什么我们联系不上她？”

唐卯生略一迟疑，吞吞吐吐地说：“那天这些乱七八糟的事儿，我怕她说出去，就给了她一笔钱，打发她回老家去了，让她过段时间再回北京。这件案子里没她什么事儿。那脑盒儿里只有我的一个意识拷贝，是用来糊弄李重朝他们俩的，根本就没用，就别写入身体了吧？”

“你说的也有道理……”警察略一沉吟，唐卯生却露出了欣喜的表情。只听警察继续说道：“既然这样，我们又已经掌握了这个脑盒儿的密码，就把它断电关掉吧。你少个意识拷贝，我们也不提这一茬了，还能让你减轻点儿罪责……”说罢，警察从兜里掏出了那张写有密码的纸，起身就往外走。

“不行！”唐卯生凄厉地尖叫了一声，把警察和她自己都吓了一跳，“别……别断电……不能断电。我……我交代，我全都交代：那个脑盒儿里的意识不是我的拷贝，而是我的健身代练……”唐卯生就像是泄了气的皮球，精气神全都不见了，只是用骄傲全无的声音继续说道，“我也不是存心想要害她，但如果代练的意识还在她的身体里，很容易就会被绑匪识破的。况且，我也不能让自己的意识拷贝真的落到他们手里，天知道他们俩会干出什么事情来。所以，那天我知道李重朝要动手了，就在意识传输程序上做了点儿手脚：代练的意识没有转入我的身体，而是留在了中转脑盒儿里。然后，我把这个中转脑盒儿跟我自己平常用的脑盒儿调了个包，反正都是一款产品，外观上别人是看不出来的。这样一来，李重朝绑走的其实是存有代练意识的脑盒儿了。至于代练的身体……现在就在我家郊区的一幢别墅里，有专门的医疗团队照顾着，不会有任何问题的。”唐卯生一股脑儿地说了全部事情。

警察没有搭话，沉默了良久，最后长出了一口气：“唉……你们都是何必呢？好在总算都搞清楚了。”

“所以代练的事情，你们其实也已经知道了？”唐卯生没有抬头，喃喃地问，但又像是自言自语，似乎并没有指望着得到答案。

“确实知道了，只是不确定。说实话，这个案子从一开始就疑点重重。李重朝来自首报案之后，我们按程序首先要核实情况，就试着联系了你，没想到竟然真就联系上了。你不是被绑架了吗？这让我们判断李重朝是搞错了绑架对象。然而请你过来协助调查的同时，我们又发现魏龙锡竟然跟你有一样的标识簇，这才觉得事情太蹊跷，绝不是绑架未遂这么简单。”

“我没想到他们会自首……”唐卯生打断了警察的话，却又哽咽了。她长叹了一声，继续说道：“我本来想着，李重朝他们索要赎金的时候，我人就在家里，家人肯定就不会付赎金的。时间一长，李重朝他们也没办法，只能不了了之。脑盒儿又有密码保护，我的健身代练在里面应该是安全的，将来想办法雇人找回来就行了。没想到我竟然接到了你们警察的电话。”

“于是你就想要死硬到底，拒不承认脑盒儿是你的？”

“对。但你们的确高明，表面上让我配合调查，帮你们击破李重朝的心理防线，实际上是要我跟李重朝对质，证明那个脑盒儿就是从我家带走的。这一招很漂亮，我认输。可是我想着自己还有脑盒儿密码，不给你们密码，你们也毫无办法。谁知道李重朝居然能猜出我的密码——意识本体与拷贝之间的联系真是超乎我的想象啊……”唐卯生不自觉地点着头，突然又停住了，“不对，你们没理由知道脑盒儿里是我的代练啊，难道又是猜的？”

“可以说是猜的，也可以说是警察的直觉吧……确认你们三个人来自同一个意识时，我就对你应对绑架企图的方法产生了怀疑。犯罪虽然不是一种基因，但却是一种思维方式。对于你的意识来说，侵犯他人利益来获取自身利益，从来不是一道不可逾越的红线。李重朝为了写作可以去策划绑架；魏龙锡为了‘活’下去可以去杀害另一个自己；而你，如果可以用代练的意识替自己受罪，那你绝对不会用自己的意识拷贝去冒险。”

唐卯生仍旧低着头，没有任何回应。

警察站起身，整了整警服，往审讯室外走去。走到门口的时候，他又停下脚步，回过头对唐卯生说道：“对了，忘了告诉你，我做刑侦工作之前是一名法医，也念到了研究生毕业。我有很多同学和朋友，后来都成了生命研究领域的科学家。我很敬佩他们为了科研所做出的牺牲与奉献。与他们相比，你根本不配谈论‘科学家’这三个字。”

B′面 #1

每次刚刚切断脑盒儿连接苏醒过来的时候，我都感觉自己的意识仿佛是一片空白，不知道自己是谁，甚至不会去思考自己是谁这样一个问题。这总是令我感觉无比恐惧：如果一个人不知道自己是谁，甚至不会去思考自己是谁，那么他跟动物又有什么分别呢？

在我选择与别人合租身体之前，不知道从脑盒儿中醒来会是这样的感受；而合租之后，我彻底被这种恐惧所吞没了——不仅要在恐惧中醒来，还要在对恐惧的恐惧中入眠。

最近，这种恐惧愈演愈烈，几乎令我崩溃。以前苏醒之后，至少经过短暂思考还能得出那个确定无疑却又并不怎么令人愉悦的答案：我是李重朝。但自从知道自己只是一个意识拷贝之后，一个确定的答案变成了三个飘忽不定的选项：李重朝？魏龙锡？还是唐卯生？游移的彷徨就像是给恐惧施予的养分，令它更加滋生壮大。

而今，第一次，我没有在苏醒之后感觉到恐惧。虽然脑中仍有那个问题：自己到底是谁？不过这一次，我对这个问题的答案不再疑惑，不再担忧，而是充满了孩子般的好奇。

当眼睛终于适应了房间里明亮的光线，我看到很多面孔关切地望着自己，有医生和护士，以及几位警察。除此之外还有一张面孔，也是我唯一认得的，那就是我的意识本体——唐卯生。

等等……唐卯生？怎么会是她？我感觉自己的脑子仿佛重新回到了刚

刚苏醒的那一瞬间，完全是一片空白。我缓缓吸了一口气，强迫自己冷静下来。如果可能的话，我甚至想要强迫自己的毛孔全部关闭，阻住身体里那些带有紧张气息的汗液冒出来。

这不对啊！我应该是在唐卯生的身体里苏醒才对。如果唐卯生站在我面前，那我现在是在谁的身体里？

仿佛受了什么其他意识的控制，我的双手已经自动摸向了自己的胸前。我才意识到自己这个动作的不合时宜。灵机一动，我把双手继续抬高，交叉抱紧肩膀，胳膊肘抵住蜷起的双腿，把下巴埋在臂弯之中。我相信自己此时看起来就像是一位甫受打击的少女，想要蜷缩起来躲避整个世界。

好在，没有人注意到我动作之中的生硬与尴尬，只是被我的楚楚可怜所打动，抱以充满关心与同情的目光。我一边庆幸自己应对得当，一边却更加疑虑了：既然身躯不是男性，那就肯定不在李重朝本人的身体里，可这副曼妙的躯体又会是谁的呢？

“你好！请不要害怕，我们是公安局的。”一位警官和蔼地对我解释说，“你现在在医院里，医生给你做过检查了，身体上没什么大碍。事情是这样的，你的雇主唐卯生小姐卷进了一桩绑架案中，而她在明明已经知道即将有犯罪行为发生的情况下，还是未经你的允许就利用了你的意识，将你置于危险之中。你还记得事情的经过吗？”

我没有急于回答这个问题，原因很简单：搞不清楚情况就贸然开口，只会是言多必失。不过我敏锐地抓住了警察提到的一个词——雇主。难道说，这是唐卯生公司下属的身体？如果真是这样，那整个计划中究竟是哪个环节出了问题呢？

计划的第一步是把魏龙锡拉下水。偶然从醉酒的唐卯生口中得知自己竟然只是她的一个意识拷贝时，我已然万分惊讶。但更令我惊讶的是，唐卯生竟然说我只是她的第二拷贝。当我调查得知，那个第一拷贝就是与我合租身体的魏龙锡时，我反倒不觉得惊讶了。毕竟，我们两人来自同一个意识本体，自然有着很多相似的生活习惯，所以才会被“悟克网”自动配对。我要策划这起绑架案，就必须拉魏龙锡入局，才能做到一石二鸟，既干掉唐卯生，又借警方的调查除掉魏龙锡这个第一拷贝。

下一步是让魏龙锡知道自己的拷贝身份，引发他对唐卯生的仇恨，制造我去投案自首的正当理由。当然，我不能直接告诉他意识拷贝的事，而要让他自己去发现。这本来有点儿麻烦，我也想好了几种不同方案。结果没等我去做什么，唐卯生那张总是酒后吐真言的大嘴巴就替我解决了问题。如我所料，魏龙锡知道真相之后深受打击。这一点从房间的整洁程度就能看出来，因为他从来都收拾得整整齐齐的私人物品，突然变得混乱不堪。至于他能不能对唐卯生起杀心，我觉得这不是个问题。毕竟，我自己知道真相之后恨不得立刻就除掉唐卯生这个本体，并且取而代之。既然魏龙锡跟我有一样的思维模式，那么他一定也会想要除掉唐卯生的。

最后一步也是最关键的一步，就是要在实施绑架时，利用唐卯生放在家里的意识复制设备复制一个我自己的意识拷贝，并且写入本来存有唐卯生意识的脑盒儿里。等绑架案告破之后，警察肯定会把脑盒儿里的意识恢复到唐卯生的身体里。这样一来，我就能借警察之手，顺理成章地取代唐卯生了！当然，这一步差点儿出了岔子——没想到唐卯生的脑盒儿竟然需要密码才能操作。好在唐卯生的想法跟我完全一样，只不过是把门禁密码顺次移位变换重排而已。否则的话，我的如意算盘就全落空了。

不过，坏事也可以变成好事。发现脑盒儿需要密码时，我几乎立即就意识到了密码带来的两样好处：一是不用费尽心思去藏那个脑盒儿了，有密码拦着，魏龙锡对脑盒儿毫无办法；二是可以拿密码当筹码，跟警察谈条件，尽量装出不愿交出密码的样子，那么警察对于脑盒儿里装着唐卯生这件事儿就会深信不疑。

再之后，我这个李重朝的意识拷贝已经在脑盒儿里了，对于后面发生的事情当然就不得而知了。从现在的情况来看，警方肯定是介入了，但不知道是案子被破，还是我的意识本体按计划自首的……另外，这个脑盒儿也被警察顺利读出了，说明我的意识本体按计划交出了重设的新密码，但不知道为什么自己这个意识拷贝却不在唐卯生的身体里。

好在，从警察的态度可以断定，他们肯定不知道我只是李重朝的一个意识拷贝。既然如此，不如胡乱搪塞一番："我……我头很晕，脑子里一片空白，不记得发生了什么事情……"

"没关系，不用担心。医生说，在暂存盒儿里待两三周，人的意识的确有可能会损失一些短期记忆，但不会有永久性的脑功能损伤。"警官的态度非常温和友好，"还是让我来给你介绍一下情况吧……"

听着警察讲述事情的经过，我的心情像是坐了过山车一样忽上忽下。特别是听说还有脑态量子标识簇这种东西的时候，我紧张死了。要不是双膝紧紧抵着胸口，我的心脏估计就要冲破胸膛跳出来了。警方把我写进这具新的身体，自然会顺便读出我的标识簇，为什么他们没有发现我跟唐卯生的标识簇一样呢？听到后来才知道，原来是因为李重朝跟魏龙锡还不一样，是一个改变了标识簇的拷贝。这可真是万幸！

说到这具新的身体，此刻的我心中强烈地有一种想要照镜子的冲动。但我知道，现在绝对不能这样做。毫无疑问，我的脸现在是唐卯生健身代练的脸，我这具曼妙的身体也是健身代练的身体。就在绑架发生的那一晚，当我的意识本体李重朝按下意识复制的开始按键时，那位可怜的健身代练在这个世界上就只剩下一具没有意识的身体了……

想到这儿，我的心像是被人狠狠地攥了一下似的，仿佛短暂地停止了跳动。我本以为自己清除掉的是唐卯生的意识本体——这并不会令我良心不安，因为在我看来，我们本就是一体的。如果一个人砍掉自己的一根胳膊，他当然会疼得死去活来，但他没有伤害别人，痛的只是肉体。可是现在的情况变了，我杀人了，杀死了一个与我无冤无仇的无辜路人。

我想放声痛哭，但却不敢。然而，有些情感大概会跨越意识的阻拦，或是我的意识还不太熟悉如何控制这具全新躯体的泪腺，又或者只是女性的荷尔蒙天生就比男性的更难驾驭。总之，我的眼泪很快就浸湿了双眼，还有少许溢出了眼眶，顺着我姣好的面庞流了下来，不多不少，恰到好处。

“就我们所了解的情况来看，整件事情的经过就是这样。”警察也注意到了我脸上的泪水，“今天本来是想请你指认一下唐卯生，再跟你核实一些情况。看来我们还是太着急了。你不要伤心，所有需要对这件事情负责的人都已经被我们警方控制了。他们一定会受到法律的制裁，还你一个公道。今天就不打扰你了，你先休息吧。等你感觉好一些了我们再来看你。”说罢，警察站直身体，敬了个礼，然后指挥另外两名同事押着唐卯生离开了病房。

我其实一直想抬眼看看唐卯生。虽然不知道自己究竟想要看到什么，但我很清楚，自己此时看唐卯生是不符合“剧情”的——我应该沉浸在巨大的困惑与一点点的悲伤之中。蜷缩的身体和那三两滴眼泪才是合格的“表演”。有那么一瞬间，我的脑子走神了，突然觉得自己以后或许还可以尝试一下演员这个职业。

虽然说，我千算万算也没有算到唐卯生与我们两个意识拷贝之间会有微弱的心灵感应，竟然令她提前得知了绑架这回事，但好在一切并没有发展得太过失控。我甚至还感到庆幸：要是真进入了唐卯生的身体，恐怕还得跟着坐几年牢，那可就得不偿失了。最重要的是，从现在起，我再也不用过提心吊胆的日子了，不用担心自己意识拷贝的身份被人发现，更不用担心自己会魂飞魄散了。

并且我相信，用不了几年，我甚至不用再为自己是谁而困惑焦虑了。虽然这次的绑架计划没有彻底成功，但唐卯生这件案子估计判不了几年，早晚她还会放出来。到时候，我还可以做她的健身代练，就会有大把的机会重新写入她的头脑，轻易就能永远占据她骄傲的身体，连同她骄傲的名字一并归我享有。然后，我就再也不会在彷徨与恐惧中醒来了，甚至再也不会去思考“自己是谁”这样一个无聊的问题。

人生真是太美妙了！想到这里，我竟然感觉如同微醺一般飘飘然，手中不自觉地握紧了自己充满女性魅力的圆润双肩，任凭好奇与陶醉杂乱地交织在一起，聚合成潮水一般的快感，冲刷过刚刚接受了全新意识的那一枚枚神经元。多棒的素材啊！一定要把这样的体验记录下来，肯定能让我创作出独树一帜的优秀文学作品来！

天啊，我真是傻得可以——成为李重朝的唐卯生必须以写作为生，可成为唐卯生的李重朝还需要一生写作吗？

如果大雪纷飞

马传思

引 子

我相信所有将要出现的偶然，都早已印在了我们的生命中。不论是突然的离去，还是久别的重逢，都是如此。

二十年前的那个除夕，吃过那顿年夜饭后，奶奶就走了。那时，我还不知道上面那句话是什么意思，就如同我不知道奶奶到底去了哪里一样。她的行踪成了一个谜案。

二十年后的今天，这个谜案有了结果，而谜底就在上面那句话中。

1

我还是从头说起吧。

二十年前的那个除夕，我和伙伴们在村子里玩了几乎一整天，直到天快黑下来，村子里此起彼伏地响起了吃年夜饭前的鞭炮声，我才急匆匆地赶回家去。

我刚跑进家门，就闻到厨房里飘来的肉香味。

我吧嗒吧嗒地咽了几口唾沫，冲进了厨房。厨房里，妈妈正在热气氤氲的锅灶边忙活着，爸爸则坐在灶台下，埋着头帮忙生火。那条叫作小黄的狗也正在厨房里不停地转悠，尾巴摇得跟一面风中的小旗一般。

我走到锅灶旁边，伸着头往锅里望去，被妈妈一把推开了，“别把哈喇子滴到锅里去了！拿个饺子，到外面玩去！”

妈妈说着，朝锅边的大盘子努了努嘴——那里装满了一大盘已经蒸好的水饺，还在不停地冒着热气。

听到这话，我满心欢喜地挑了一个自认为最大的水饺，抓在了手上。

水饺还很烫，我一边不停地用两只手倒腾着，一边朝外面走去。

经过客厅时，我朝左边奶奶的房间望了望。

奶奶坐在她那个小暖炉前，身上披着一条旧毛毯，侧头凝望着窗外苍茫的暮色。

“思儿！”奶奶转头看到站在门边的我，叫了一声。她看上去精神很好，这让我心里很欢喜。

“奶奶，你老这么坐着，不冷吗？”我一边朝奶奶走去，一边急不可耐地继续倒腾着手里的水饺。

“不要急，不要急。”奶奶伸手摸着我的头，“不管什么事，都得等到合适的时候；时候没到，急也是没用的。”

奶奶说的这些话，我听不太懂，也不喜欢听；我更喜欢听奶奶讲故事。

在奶奶生病以前，她可是个讲故事的高手，她讲的故事是别人的奶奶讲不出来的，甚至连学校的老师都讲不出。

我最喜欢听她讲关于另一个地球的故事，可是，我从来没有听完整。因为奶奶的故事开头总是这样的：在天狼星的旁边，有着另一个地球——什么是地球呀？我会问。然后奶奶又跟我讲起了关于地球的事：几十亿年前，我们现在生活的这颗星球还是一片沸腾的海洋——再后来呢？我会接着问。再后来，海水的温度慢慢降低，于是一些最简单的生物就开始出现了——有多简单？像一加一等于二那样简单吗？我又接着追问。你这样不停地问，我的故事就讲不下去了，你得让我一个接一个故事慢慢讲才行。奶奶说。

在我的记忆中，奶奶的声音在秋日微凉的风中缓缓飘散，带着悠扬的余音。

即使那时我年纪很小，也经常感到奇怪：为什么奶奶的故事和别人讲的故事不一样？甚至连里边的气味都是不一样的。别的奶奶的故事里，带着稻田间飘飞的杨花和稻穗的淡淡清香；带着傍晚时分袅袅升起的炊烟的柴火气；还带着荒山野岭之中的狐仙和鬼怪的神秘气息。

而奶奶的故事里，散发的是什么气味呢？这个问题我想了很久，最后我想明白了：带着天空的气味。

有一天，当我把这个答案告诉奶奶时，她笑了起来，亲了一下我的脸庞，“总有一天，你都会明白过来的。”她这样说道。

奶奶是从半年前开始生病的。她的身体越来越虚弱，她抱不动我，连亲一下我的脸庞似乎都很费力。大部分时间里，她就那么独自坐着，有时候坐在家门外的那张石凳子上，有时候坐在院子后的矮树桩上。

等到冬季来临时，奶奶的病更重了。她很少出门，而是独自坐在自己的房间里，望着窗外南边的天空，时不时嘟囔着一句含糊不清的话。

这时，我从爸爸妈妈零零碎碎的悄悄话中，隐约感觉到有一件事即将发生。

当然，我怎么也想不到，这件事就发生在这个吃年夜饭的晚上。

那一天，我依偎在奶奶身边，也转头往窗外望去——在朦胧的暮色中，我能模糊看清后院的几棵矮橘子树；矮橘子树后，则是一片荒芜的田野；越过田野，是一片小树林，里边杂七杂八地长着松树、杉树和灌木。此刻，它们在我的视野里投下一团团斑驳的黑影。

“奶奶，你在看什么呢？”我一边嚼着香气扑鼻的饺子，一边问。

“如果大雪落下来……”奶奶沉吟着说了半句话。

“如果下过大雪，往南边天空望去，就能望见一颗星星闪着蓝光，那就是天狼星；在天狼星的旁边，是另一个地球。”我接着奶奶的话说了下去，“奶奶，这话我都听你说过一万遍啦！”

“有这么多遍吗？”奶奶微微皱起眉头，眼里却都是慈爱的光芒。

“即使没有一万遍，也肯定有好几百遍！”我有些心虚，赶紧转移了话题，“今晚要是下雪就太好了！我喜欢下雪！我要在院子里堆好多雪人——雪人爸爸，雪人妈妈，雪人奶奶！”

奶奶微笑着看着我，“在那个地球上，也会下雪呢。不过，那里的雪可比我们这里的大多了，每一片都有腊梅那么大，它们就那样在天上飘啊飘，过了一百年，你再去看，它们还是在天上飘着。”

“一百年！”我欣喜地吼了起来，“那个地球上的人也会在下雪的时候，一家人围在一起吃年夜饭吗？”

“这我倒还不知道。”奶奶摸着我的头，歇了口气，“不过，我猜他们应该也会的。”

“我出去看看会不会下雪！”我把余下半个饺子塞进了嘴里，朝门外跑去。

然后，我看到了那头巨兽和那两个僧侣。

2

那两个僧侣手上各自提着一盏灯火，映照得四周一片明亮。他们正从那片树林中出现，朝我家的方向走过来。

在当时，我并没有对那两个僧侣多加留意，因为那头跟在他们身后的巨兽吸引了我全部的注意力。我从来没有见过那么巨大的动物——它比村里最大的水牛似乎还要大上一圈；而且它身上长着长长的毛发；怪兽时不时低下头，用头上的角去顶开那些挡在前方的灌木和枝丫。这时，我惊奇地发现它头上那对大大的角，居然是开岔的。

当那头怪兽离开了树林后，更让我吃惊的事发生了：它居然如同飘浮在空中一般。

看到这里，我尖声叫喊了起来，“会飞的怪兽！”

我曾听奶奶说过，在那个地球上，有一种神奇的怪兽，它们形体庞大，却可以腾云驾雾，那里的人们经常骑着它，在整个星球上飞行。

我的尖叫声还未停歇，背后就传来了慌乱的脚步声。我一回头，是爸爸和妈妈。

妈妈走上来，尖叫了一声，一把将我抱起来；而爸爸则站到我们前面，有意无意地把我们挡在了身后。

小黄也听到了动静，跟着冲了出来，它弓起身子，朝正在走来的僧侣和怪兽大声地吠叫着，却不敢靠近。

就在这个时候，奶奶走了出来，经过我和妈妈的身边，走到前方的空地上。

“奶奶！”我惊惶地喊了一声。

那两个僧侣和那头怪兽已经越走越近了，伴随着那头怪兽扑哧扑哧的呼吸声，僧侣们来到了奶奶面前，双手合十，作了个揖。

“奶奶……”我又低低地嗫嚅了一声。

奶奶转过身，冲我笑一笑，然后她又看看天，“看来大雪马上就要落下来了，这天冷得紧！赶快进屋吧，别冻着了。”

她最后一句话似乎提醒了爸爸妈妈，妈妈转过身，拉着我飞快地进了屋子；而爸爸则垂着头跟着进来了，一副失意的模样。

我回过头看了一眼：那两个僧侣一左一右地跟在奶奶身后，也进了屋；而那头怪兽走到大门口，轻轻地蹲坐了下去。

即使是在它蹲坐下去时，它的身体依然是漂浮在离地半尺高的地方。

3

在我的记忆中，那天晚上吃年夜饭前的情景，始终十分清晰，几乎每个细节都深深地烙印在脑海中。

比如我们的座位。

奶奶坐在那张实木方桌的上座，正对着大门；爸爸和妈妈分别坐在她的左右两边；而我，忸怩不安地坐在奶奶正面对的位置上。

比如屋子里的热气。

这热气来自桌上烧着木炭的小火炉，和炉子上咕咚直响的小火锅，还有摆在我们面前的大盘饺子。

或许是这热气的缘故，我感觉头晕乎乎的。我就那样晕乎乎地看看奶奶，又看看她身后——那两个僧侣就坐在她身后的长凳上。

我还时不时转过头，快速瞥一眼门外——那头怪兽静静地蹲坐着，鼻子前盘旋着一团白色的水汽。

我还记得每个人脸上的表情：爸爸妈妈脸上的表情最为复杂，不知道是沮丧、担心，还是生气；两个僧侣脸上几乎没有表情，他们低眉缩肩，双目微闭，安静地坐在那里，仿佛身处于另一个世界；而让我惊奇的是奶奶的表情，整个客厅里只有她的脸上洋溢着过年的喜庆。

我甚至还清晰地记得墙上那台挂钟发出的滴答声。

在滴答滴答的钟摆声中，我叫了一声："奶奶！"

奶奶抬头看着我，目光一如往常般慈祥。

"外面……会下雪吗？"我问道。

我其实不是想问这个，我真正想问的是这两个怪人和那头怪兽为什么不走？但不知道为什么，话到嘴边就变了。

当我问出那句话时，奶奶笑了笑，回答了三个字，"就快了。"

这些细节我都记得清清楚楚，但我记不清楚那之后我们是怎么吃下那顿年夜饭的。或许，在那种奇怪的氛围里，我们谁都没有胃口，只是草草地吃了几口；但也可能不是这样，也可能，我们都假装一切正常，假装很开心地吃着年夜饭。

4

奶奶离开的时候，大雪已经开始落了下来。

在那两个僧侣的簇拥下，奶奶一步步朝门外的巨兽走了过去。她的动作轻灵，并不像是一个已经病入膏肓的垂垂老者。

我不由得焦急地看着爸爸妈妈，妈妈的眼圈红红的，不停地叹着气，而爸爸则脸憋得通红，冲奶奶粗声喊了一句，"妈！"

奶奶转头看了一眼爸爸，"你知道的，这一刻总是要来的。"

她的语气异常平静。

奶奶来到门口，那头巨兽已经站起身来了，冲她扬了扬头上的犄角。

那两个一直跟在奶奶身后的僧侣走上前来，把她搀扶到那头巨兽的背上。

巨兽背上高耸的毛发塌陷了下去。奶奶坐在上面，如同坐在布满貂裘的王位之上。

我再也忍不住了，大喊了一声，"奶奶！"然后一下子从座位上站起身来，朝奶奶跑去。跑了一半，我突然想起一件事，又转身跑进了她的房间，从她时常坐着的凳子上拿起那条毛毯。

我跑到奶奶身边，把手里的毯子递了过去。

奶奶伸手接过了毯子，披在身上，然后用手抚摸着我的头顶，“雪下得大了。”

接着，她抓起了我的一只手，我能感觉到，她塞了一个东西在我手心里。

我摊开手掌，一颗鸡蛋大小的石子从手心缓缓升起，悬浮在掌心上方半尺高左右的地方。我借助客厅里的灯光，仔细打量这颗小石子，它的形状并不规则，通体乌黑，灯光照射在它的上面，似乎就突然被某种神秘的力量所吞噬。

这时，奶奶的眼里有一缕奇异的光芒一闪而过。“思儿，我们还会见面的。”她说。

我愣愣地看着这颗怪石子，又愣愣地看着那头巨兽转过身，在两名僧侣的引导下，驮着奶奶，一步步走远，消失在茫茫夜色之中。

那一刻，大雪纷纷扬扬，落满整个天地。那是我此后二十年都不曾见过的鹅毛般的大雪。

5

那天晚上发生的事，成为我童年的一个谜案。此后我用了二十年的时间，也始终无法参透。

在这二十年时间里，我经常问爸爸和妈妈，但他们似乎并不愿意多谈那件事。刚开始我并不理解他们闭口不说的原因。直到五年前爸爸去世后，我才恍然惊觉：他不愿意多说奶奶，是因为奶奶以那样的方式离开我们，给他带来了太多的痛苦和烦恼——警察的盘问，村里人的不解，和种种与“巫婆”有关的谣传。

最重要的是自从奶奶开始生病，爸爸就慢慢做好了奶奶离去的准备。但奶奶并不是像别的老人一样离去，而是以那种离奇的方式失踪。这件事一直让他难以接受。

爸爸去世后，我开始尝试着通过别的途径去了解奶奶的过往。我找同村的人聊，也曾找过奶奶娘家的一些远房后人。从每个人提供的片段中，我竭力去辨别真伪，拼凑出更多关于奶奶的印象。

有人说，我奶奶出生在旧上海的一个富贵家庭，从小在国外读书；也有人说，其实她不是在国外读书，而是请了家庭教师，根据她的兴趣，选择性地教授相关课程，而她所学的，都是些当时周围的人觉得难以理解的东西。

也有人说，奶奶年轻时很漂亮，家庭条件又优越，她本可以出入于上流社会的各种场所，然后找一个同样有钱有名望的“高富帅”嫁了；但她却一直把自己关在房间里，不知道在琢磨什么，直到最后跟着我爷爷——当年一个出身贫寒的青年学生，回到了乡下。

类似这样的轶事还有很多，但我从中没有听到一件与天狼星有关的事。

当我问遍了所有相关的人后，我沮丧地得出一个结论：当年的那场谜案，看来是再也无法解开了。

于是，我把那颗黑不溜秋的小石子锁进了柜子。

直到几天前，我接到那个陌生的电话，这件困扰我二十年的谜案才有了新的进展。

6

电话里的人自报了家门。对于他说的什么“西藏”和“喇嘛庙”之类的话，我脑袋一时没转过弯来，要知道，我从来没去过西藏。

我正在愣神时，他说：“你奶奶就在我们庙里，她要见你一次。”

挂了电话后，手机里传来“叮咚”的短信提示声。我打开短信，上面这样写着：西藏自治区日喀则市伦布县仓嘉寺。你奶奶希望你务必在五天之内抵达。

放下手机，我赶紧打开自己的收藏柜，在柜子的角落里找到了那颗黑不溜秋的小石子。我已经把它锁在柜子里很久了，但当我把它拿出来时，它一如往常般悬浮在我的手掌上方，就像一个等待被开启的秘密。

我翻来覆去地想了一个晚上，第二天一早，我就订了飞往拉萨的机票。带着那颗小石子，经过一路辗转，我终于到达了离仓嘉寺最近的镇上。

但在这里，我遇到了新的情况，即使是从这个镇子出发，也要翻越三座大山，才能到达仓嘉寺；而那条通过寺庙的路，却是一条车辆无法通行的崎岖山路。

我几乎找遍了整个镇子，才找到一个四十多岁的当地人，愿意给我当向导。

路上的艰难自不必说。只是当我站在高耸的庙门前，看着眼前群山浩荡，顿时觉得这一路的艰辛根本不算什么。

随着我的敲门声，大门缓缓开启，一群身着黄衣黄帽的僧侣簇拥着一个老者在门内迎我。

我犹豫了一下，不知道是该称这位老者为“上师”还是“住持”，抑或“方丈”。但我想，对于这些身处红尘之外的修行者来说，连生命本身都不过是梦幻泡影，何况这些虚名?

“你来了？”老者说。他的话语平淡，神态自然，就像一句熟人之间唠家常的话。

我点点头。

“二十年过去了，你完全变了。”

老者的这句话让我愣住了——我端详了一阵，猛然醒悟过来，这个老者，就是二十年前出现在我家门前的两个僧侣中的一个。

我正想开口，老者已经转过了身，缓缓地朝后殿旁的回廊走去。

我跟在他身后，经过一座座宫殿，来到了寺庙深处的一间僧房前。

“我奶奶，真的住在这里？”我打量着面前紧闭的木门。

老者无言地点了点头。

四周一片寂静，只有山谷中徘徊的风呼呼作响，仿佛从久远的时间深处吹来。

我踌躇了一阵，伸手推开了门。

出现在我面前的，是一台巨大的类似电脑的机器，有很多光从我想象不到的角落里闪现，又以我同样意想不到的方式消失；同时，在机器四周，一条条透明的藤蔓状物质在生长、缠绕、盘旋。

面对着这样一台巨大的机器，我整个思维都停顿了，仿佛陷入一片光的海洋，不断沉沦……

“思儿。”有人在呼唤我的名字，把我从茫然中拉了回来。

即使时隔二十年时光，这声音依然那么熟悉。

“奶奶……”我的声音充满了生涩。

这时我看清了，在那些不断缠绕的藤蔓簇拥着的中央，在那台巨大机器的上方，有几缕白发正在缓缓飘拂。

“奶奶，真的是你吗？可是，为什么会……”我看着那似曾相识的白发，眼圈一阵发热。

“二十年前的那个晚上，我跟你说过，我还会再见到我的思儿。这个心愿终于实现了。”一条藤蔓缓缓地伸到我面前，然后轻轻触碰着我的脸颊。

我闭上眼，记忆中，奶奶用微凉而粗糙的手触摸着我脸颊的感觉，再次溢满心头。

在老者的描述下，我知道了很多此前我只是隐约感觉到了的事。

一直以来，关于天狼星旁的第二个地球的秘密——比如生活在其上的某种已经进化到量子形态的智能生命，和外形类似牦牛的巨兽——都被一小群地球人小心保护着，又一代代地传承了下来。

在地球上，有极少数人能够成为星际使者的秘密也被小心地保留了下来。

而位于群山之中的仓嘉寺，就是这些秘密的守护基地，也是与第二个地球取得联系的星际驿站；同时，寺庙的僧侣们还要负责在世界各地寻找一代代的星际使者。

在很早的时候，僧侣们就找到了新一代的星际使者，那就是我奶奶。

但那时，时机还没到。用他们的话来说：我奶奶的尘缘未尽，这个尘世间还有很多的劫数等着她去度。

于是，在某个日暮黄昏，我们村头的老槐树下，出现了几个行色匆匆的僧侣。他们在树下生火、做饭、祈祷、入定，仿佛和这棵老槐树一样，早就是村庄原本的风景。

然后，在每一个薄雾清晨，老槐树旁原本冷清破落的小庙里，会蓦然响起阵阵梵音，伴随着晨间鸟群的鸣叫，在村庄上空飘荡。

正当村子里的人们习惯了这声音之时，某一个午后，他们突然又消失在尘土飞扬的镇上公路的尽头。然后，又有一批新的僧侣出现。

没错，他们就一直这样静静地蛰伏在我奶奶的生活边缘，并利用各种机会向她宣示她真正的身份和使命。

直到我奶奶的身体已经快要不行了，他们所等待的时机才出现了。

然后，就有了二十年前那个晚上发生的事情。

而现在，奶奶之所以将我召唤过来，是因为她的身体即将完全被量子化。

老者的描述停止了。

我抬头看了看庙门上的经幡，它们在山风的吹拂下猎猎作响。

我问道："那之后呢？"

"那之后，她身体的最后一部分也将被量子化，所有的精神意识也会随之消失。"

"那就是真正的死亡吧？"

"在我们这个地球上的人类看来，是的；从我们佛教徒的角度，也可以说那就是真正的圆寂；但是，在那个地球上的人们看来，却恰恰相反。"

"那之后呢？你们又需要寻找新一代的星际使者？"

老者突然沉默了，只是静静地看着我。

我突然感觉到一直握在手心里的那块小石子有了一丝动静，似乎某个一直封闭的空间在缓缓开启。

我在庙里住到了第二天。走之前，我又去看了看奶奶，她只剩下几缕更加稀疏的头发了。

我平静地看着藤蔓环绕下的那几缕头发，然后走上前去，弯下腰，轻轻地吻了吻，就如同当年奶奶经常那样吻我一样。

一切恍如从前。恍如我还是个少年，带着奶奶的吻和叮咛，准备出门去玩耍。

我走出庙门，发现外面开始下起了大雪——这情景，居然也如同二十年前的那个晚上一样。

只不过这一次，我似乎看见无数隐秘的光，正伴随着雪花一起纷纷扬扬地落下，落满群山之巅。

我相信，我所看见的，是来自另一个地球的那些过往的时光。

尘泥之别

海杰

某一扇门你已经永远关上
也有一面镜子徒劳把你等待
十字路口向你敞开了远方

——节选自博尔赫斯《边界》

三年前，在一阵人工智能浪潮的冲刷下，我再次下了岗。说实话，这年头，像我这般毫无一技之长，只不过读过几本书，肚子里多了些故事的人，真是什么也干不好。不得不承认，有些人脑子天生就学不好理工科，而我正属于其中，因此高大上的职业今生与我无缘。技术进步就像旋风在刮，所谓的人工智能，压得我们这些人简直透不过气来。各行各业都是如此，职业门槛在那些金属脑袋面前简直不堪一击，而它们又表现得像无所不能、任劳任怨的奴隶，于是在整个世界两难之际，一位伟人做出结论，“人是多么宝贵的资源，你们竟然只用来算账和打字？”

深思熟虑后，凭着侍弄花草的些许经验，我顺利通过南山公墓的招聘，成了一名守墓人。当保安的朋友觉得我这是消极遁世，那显然误解了我。是的，我确实身心俱疲，不愿再反复折腾，参与这场反复溃败和收编的游戏，所以决定在此消磨余生。至少，我觉得活人可以用机器来看护，而死人则不行，用一堆钢铁向死去的人献上鲜花，那是下一个文明该做的事情。

总体而言，这里工作环境令人满意，宁静的山谷草地，清新的空气，没有高耸的坟堆和磷火，也没有松涛可怕的呜咽，月色下也可悠然散步，前提是你没有胡思乱想。干的活也很轻松，每天绕着巡查几圈，修剪墓地的草坪，清除墓碑上的鸟粪和蜗牛，偶尔停下来发发呆，或者无趣地端详墓碑上的照片和铭文，猜测主人生平所为，何故而殁。或者扫视四方，审视一片整整齐齐的方格，思量它们的主人彼此素昧平生，毫无交集，可如今紧密相依，似乎同为某个目标所吸引而来，而命运在开端之时便为其预定了一块方寸之地。墓碑朝向一致、排列整齐，它们凝视太阳东升西落，用摇摆的影子划出弧线，像是服从了某种深奥的秩序，向生命的源头展开回忆。

除了预定葬礼和节假日外，两扇黑黝黝的铁皮大门始终紧闭，只留左侧一道小门供来客到访。但说实话——我的前任也这样说，如今选择入土为安的人，真是越来越少了，除了这副皮囊越来越经用之外，处理它的方式也日益花样繁多：有的发射到了太空，作为卫星环绕地球；有的烧成灰之后，做成钻石戴在亲人手上；还有的冷冻在罐子里留着来日复活的念想等等。很多人会在正当盛年时深思熟虑，立下遗嘱，把毕生拼死拼活攒下的那些家当，无论多寡，安排得井井有条，却极少有人能在身前计划周详，为生命结束后留下的这具肉体——最后唯一属于自己名下的物件——安排个出路，就像终点站下车后留在座位上的垃圾，都觉得自有人会处理。

我们的继承者，一般来说会留下我们那些值钱的物件，同时也负责处理遗留的不值钱的垃圾，通常是焚毁，这可能是人类从大自然观察到的第一种彻底消除存在的方式，所以当主人已死，烧毁附属他而存在的东西，便是将他们重新归于一个子集。很多安排都是惯例，大部分民族以入土为安，近水而居的民族则流行水葬。生命从何而来，便归何而去，从远古时期开始，人类为死亡发明了一整套定义，包括牺牲和殉葬，地狱和天堂。如今信仰已经崩灭，但我们心理还留着信仰时代之前的痕迹——万物有灵。烧毁身体代表死者人世关系的终结，而那一捧余烬则又代表剩余的精神之灵。

这一点上，人类的矛盾性又充分体现，抛开很大一部分人都怕灼痛的感觉不算，据我所知，墓地的价格是跟着阳光和地势有关，但问题是并非每个人都喜欢阳光和山顶，总有性格孤僻的人，如今几步方圆塞满八九个邻居，可有些人就喜欢宅在家里，根本就不爱郊外的山风和鸟语。

就在我胡思乱想的时候，门铃响了。陵园都快关门了，这个时候一般是不会来人的，而我通常也会提前半个小时在门口挂上提示牌，表明现在只出不进，而这个时候还要进来的人，十有八九是欧阳先生。

欧阳先生是个怪人，但很和气，我对他的印象不错，为他破例也不是一天两天。

我打开了门，没错，门口站着的果然是他。欧阳先生约莫四十出头，身材壮硕，靠近时能感觉到溢出的旺盛活力，但他的眼神总有一股悲伤凝结的沧桑，好像永远都化不开。

半年前，三月的时候，他第一次来，我远远看见他手捧寿盒，走在最前面，因为陪同才寥寥几个人，所以我略作侧目。除了人少之外，那场葬礼也很奇怪：事后我留意过，新树的墓碑上除了名字之外，其余都是空白，而且葬礼结束得比较匆忙，气氛也看不出有多悲伤，前后一直没听见什么哭声，总之应付的迹象很明显。

但出乎我意料的是，第二天下午他又过来了，在墓前待了整个下午，直到我反复催促，他才离去。

之后他每过两三天就会来一次，从没带来过一朵花，但我能明白，这才是真正的悲伤。悼念之痛瞒不过一个守墓人的眼神，我见过很多在下葬时哭得昏天暗地的孝男孝女，也有豪掷百万买上风上水风光大葬的名门大户，但仪式就是仪式，生活就是生活。因此我对他这样的人心生敬意，从此也对他开了方便之门，告诉他想什么时候来都可以。

我仔细打量了他一眼，像是印证了我的猜测，他看上去又消瘦了一些，而憔悴的影子在他的眉间依然未见消散。我暗自叹了一口气。

“真不好意思，又来麻烦你了。”他一见面还是客套话。

我摆了摆手，说了句，“别客气，反正闲着也是闲着。”

他点了点头以示谢意，然后向着远处走去。

尽管我很好奇，但我从未想过刻意跟他攀谈，包括打探他为何频繁造访这里。每个人都有独属自己的伤心方式，这些都属于隐私范围，再说知道了对我又有什么意义？既带不来快乐，也分担不了悲伤。

他走得不快，脚步沉重，粘着地面走，仿佛绑着沉重的绳索，这条绳索紧紧拉着他，一步步把他拽向那新立的墓碑。很多次我看到他站在碑前一动不动，埋头思索，几乎是要跟墓中的亡灵交换魂魄。

或许是一位不肖子孙来祈求宽恕，我想到这里，心中一阵刺痛，联想到自己一事无成，若换了自己在他的位置，怕是多半连来第二次的勇气都没有。有时我又心怀恶意地猜测，他多半是做了什么伤天害理的事，气死了他父亲或者干脆是个弑父的禽兽……

当我送走最后一批访客后，开始例行巡逻。深秋的傍晚来得很早，特别是郊外的山谷里，阳光已经被遮去一半。出于隐私，我远远地绕他而过，他此刻正坐在墓前。凭经验，我感觉他正在说话。

等我巡视完毕，整个谷底已完全被阴影充塞，挤出的阳光正加速向上攀去。

我回到小屋，漫不经心地坐进了按摩椅，顺便打起了盹。按照以往的经验，再过一会儿他就要离开了，门禁的遥控器躺在我右边茶几上，当他走过来把我叫醒时，就要准备晚饭了。

但我是被一阵冷风吹醒的，睁开眼几乎一片黑，按摩椅早就停止了工作，门还是开着。我看了看门外，起雾了，除了隐约的乳色，一片空无。

我突然想到了什么，心里一激灵，果不其然，遥控器还在原地没动，那就意味着欧阳先生还没有离开。

几个念头在我心里快速闪过，我赶忙拿起手机和强光手电筒，冲了出去，同时心中懊悔不已：那家伙可千万别在这里寻短见啊！

大雾就像从山顶泻下一般，在手电筒的强光下，显出了流动的纹路，光柱在前面徒劳闪耀着一片反光，除了脚下的台阶再也看不清他物。我凭着记忆小跑着，在反光之外，一座座墓碑于氤氲中显现黑影，就像套上一层外壳而变大，木然地从我身边扭曲而过，我的心怦怦跳得厉害。

突然前方也传来闪光，我停了下来，大口喘着气，紧接着听到了沉重的脚步声，我一晃手电照了过去，那脚步加快了节奏，一条身影从夜雾中踏了出来。

一路上我强忍着的惶恐，如今看到他安然无恙，已化成了满腔的怒气，我打算出口训斥，然而看到他那悲伤又略带歉意的眼神，心里又软了下来，于是把头一扭，粗声道："都几点了，你还没走啊？"

他连说了几声对不起。然后跟在我后面，用手机照着路，紧走快走，我们就这样一路回到了小屋。

他正准备往大门口走去，我叫住了他。

"别走了，下山的路都被雾封死了，现在开车太危险。"

"不碍事的，我慢点儿开就是了。"

"那可不成，出了事故我可没法交代。"我突然生出一定要留下他的想法。

"你想想看，我这本来是下午三四点就要清场的，你这个时候回去，摆明了是我失职，查起来我是脱不了干系的。"

他大概也心里有愧，没作声，算是默认了我的提议。

回到屋里，我给他泡了杯热茶，他在沙发上坐了下来。

他很有礼貌但不装腔作势，给人距离感却不夹杂情绪，这是我喜欢他的地方。

"今晚你可以在沙发上对付一下。"我说道，"当然不是怠慢你，我没有多余的床给你，被褥也只有一套。”

“那肯定没问题。”他连声道谢。

我关上门，屋子一下暖和起来，门缝里丝丝雾气钻了进来，一遇到灯光就迅速消失不见。

他说自己晚上一般不吃饭，我也没勉强，自顾自地煮了点儿东西吃。这期间他依然靠着沙发，一副出神的样子。

看得出来，他不善于言谈，或者说他如今这个状态根本没心思与人虚情假意，这脾气正好与我相合。但是毕竟同在一个房间里，我身为主人不好冷场，想了半天才挤出这么一句：“欧阳先生，人死不能复生，你要节哀。”

话说完我就后悔了，这算是一句没用的套话，人死了不能复生的道理每个人都懂，悲哀的理由却各有不同，真正的悲伤不是做给死者看的，更不是做给别人看的，而是要给自己一个借口。从某种意义上说，活着这种状态属于自己的只有一小部分，其余的部分都在别人的世界里，当你抽身而去，以你为核心的小世界就塌陷了，而为了尽量地维系这个世界，别人就要加倍强化你的影子，这个借口就是悲伤和留恋。

他摇了摇头，不置可否。

过了好一会儿，他缓缓开口说道：“事实不是你想象的那样……你是真正的好人，很感谢你一直以来的关照，虽然你从未问过，我也看得出来你有很多疑惑。”

我听了心里一紧，刚要说些什么，他摆了摆手打断了我的话，眉头微皱，开始讲述起来。

“大概二十年前，那时我还年轻，得了一场大病，近乎不治之症。说它是不治之症，那是放在四五十年前，所幸的是当时医学昌明，总算是把我从鬼门关拉了回来。不过，凡事都是有代价的，生老病死会被一时击败，但永远不能被掌握。于是两年前，正当我工作上志得意满，准备大展拳脚的时候，我的病再一次复发了。

“说到复发，也是讽刺，二十年前同样的病如果放在今天来治疗，会比当年处理得干净得多——医生是这样说的。但我想，只是或许吧，当年的医生也说过很有把握，可再有把握也没法去断言时间的阴谋。

“当时的事实就是，我已经没法再运用普通的治疗方法了，干细胞替代、基因编辑等等，已经无法挽救我这具崩溃的身体。我的主治医生告诉我，即使最先进的稳固疗法，成功率也不足百分之十，鉴于我情况特殊，他推荐我两个办法——要么把身体冷冻几十年等后续技术研发成功，要么使用尚在实验的‘备份疗法’。”

说到这里，他脸上显露出茫然，眼神却发出亮光。

“备份疗法？”我激动地站了起来，我看过报道，这不是刚获准进入三期临床试验，号称“最有希望让人类接近永生”的医学大发明吗？

“没有那么神奇……”他摇了摇头，不解释具体原因。

“我那时怕死怕得要命，真的。人怕死不一定怕的是失去所有，有时更怕的是很多事情还没有去做。我那时觉得自己刚刚找到人生的意义，才被上帝眷顾，然后又被残忍抛弃……这种感觉，让我实在难以接受。

“说老实话，凭着直觉，我的第一想法是把自己冷冻个几十年。但是几十年后又是一个变数，是不是另一场等待先不说，即使我那时再醒来，我又还能做什么呢？我为事业做的准备，我的宏伟梦想，那时还值得一提吗？

“我的家人，父母和妻子儿女，在详细询问了技术细节后，反倒为我做了决定。在他们看来，我已经病入膏肓，‘备份疗法’又没什么副作用，如果成功了，我换上一具新身体回到他们身边，即使中途失败，也还有冷冻方案做为保底。

“于是，决策就这样敲定了。多亏了这个科技时代，我出生时留下的干细胞一直保存在标本库里，如今总算是派上了用场。

“那天，我被推进了手术室。当我醒来时，发现自己躺在病床上，脑袋里传来阵阵刺痛，我摸了摸头，整整一大片金属外皮取代了我从脑门一直到后脑勺的所有头发和皮肤，像是贴肉戴上了个头盔。我才想起，我已经处于‘拷贝状态’了。

“我知道，这金属壳子下面，是几百万根细如毛发的探针，深深地插进我大脑里面，它们在读取我所有的脑神经活动：我的所思所想，所有的表意识，以及那深藏于皮层之下庞大的潜意识海洋。”

欧阳先生说到这里，眉毛紧紧锁在一起，脸部则露出扭曲的神色，像是回忆起了当时的痛苦。

为了舒缓气氛，我插嘴道：“人的记忆通过这种方式读取，真的可靠吗？人一辈子可没多少记忆能想得出来，很多事想起来也只是碎片，光靠你的回想转录过去，怕是不靠谱啊。”

“是的，一个人能想起大约二百件具体事情场景，数千件模糊的场景，剩余的经历则都被遗忘，而这种遗忘并不是真的被彻底抹去，而是转化为各种痕迹，进入潜意识之中，成为丰富经验的索引和各种规则。换而言之，你能记起的事情反倒并不重要，比如一个对过往完全失忆的人，却并不妨碍他对自我的感受和日常生活，妨碍的只是他不认识自己的身份，叫不出自己的名字，认不出自己的亲人而已。他的人格记忆，也就是本体感知是健全的，那么他就是自己。”

欧阳谈到这里，倒是解释了几句，不过他接着叹了口气，再一次露出悔恨的眼神。

我撇了撇嘴，心里倒不怎么认同。心想如果我忘记了过去的一切，那我肯定不再是自己了，因为我的记忆全是充满了失败的负债，如果把它们忘掉，那倒是件好事，胜过了做我自己呢……不过转念一想，记忆是资产也好，是负债也好，终究只是生活账本上的符号，既然都清零了，说谈及感受那就有点儿可笑。毕竟，只要活着，生活就一直会继续，就像我现在一样。对还不起的债，人人都会找到赖账的借口，何必刻意区分主动和被动?

于是我知趣地没有打岔，只是默默为他添了一杯水。

“当时我脑袋很疼，但我内心充满激动和兴奋。那是个清晨，窗帘外天蒙蒙亮，房间里没有医护人员，我的家人还没来。大概是怕我乱动，我整个身体都被固定住了，但脑袋还能转动，头盔被一根线连着，我没敢做太大的动作。突然我眼角瞥见一道光在闪烁，忽而黄色忽而绿色，我微微扭头看去，看见与我并排的不远处，有一个半透明的长方形柜子，微弱的灯光正从它内部传来。

“我心里很激动，我知道那是什么。隔着半透明的玻璃，我几乎能分辨出一条模糊的影子躺在里面。

“那是一具男人的躯体，或者说，是另一个我，正躺在里面。我几乎能感受到他传出的心跳声，几乎能察觉他呼吸的微弱起伏，洋溢的生命力正从当中向我展现。

“我就静静感受着他，全无陌生感。我闭上眼睛躺在这里，然而整个心思全在那边，就像出窍的灵魂渴慕着肉体那般自然。

“天亮后，医生和家属都到齐了。医生很仔细地向我们介绍整个疗程的步骤和注意事项。我听得很仔细，我的家人却表现得心不在焉，他们站在远处偷偷打量着那具柜子，全都掩饰不住兴奋之情，但见我看了过来，又有点儿不好意思，连忙竖起耳朵听医生的话。

“之后的一周时间，差不多都是调试的过程，我被要求看各种各样的卡片，有文字的有图画的还有不知所云的，或者被要求照镜子、闭上眼睛感受自己的身体、被针刺冰敷和灼烧，又被要求辨认和触摸各种物体和图形，朗诵大段大段的文字——诗歌、散文、公文、字典，甚至胡言乱语。我知道我的所作所为引发的神经波动和调动的神经回路，都会被忠实地写入那具身体，所以我几乎是抱着十二分虔诚的心态投入。当我每一次耗费脑力时，电极放电的痛苦都会加倍，可我知道时日无多，就像让即将报废的卡车超载、鞭打矿场的死刑犯一般，尽力榨取这具身体。

“人最怕的是努力看不到回报，而我知道自己不存在这个问题，付出和报酬全在于我自己，我急于求生的灵魂是最忠实的工头。一个月后，我进入了下一疗程，我终于可以不用整天躺在床上，可以站起来了。

“你猜也能猜到，我第一件事是要做什么。我戴着那顶金属头盔——如今已被摘去了调试线缆，只需用无线传输维系数据通道——向那柜子走去，激动万分，简直就像找到了十诫石版的摩西。许多个夜里，我都会梦见咫尺之间的他，梦中的他，在雪山之巅，在彩虹的彼端，面容模糊但神采奕奕。在梦中，我完全忠实于他，依附于他，他就是我的王。

“他躺在那里，一动不动，隔着玻璃。他那与我完全一致的面孔，白皙柔软，未经风霜。裸露的四肢插满了线管，头上则戴着与我一样的头盔，连着一根线缆，线缆没入柜子一角，我知道它的终点在哪儿——就在我的头上。有个灵魂在孕育成形，这条线缆把我们的心灵连在一起，如同脐带连着母亲。

“我轻轻俯下身，静静看着他，爱意汹涌。他睡得如此之甜，真像一株摇曳的水仙，我听不到他的呼吸声，但能闻到那呼出的鲜美气息。他的神情多么平静，就像饱睡的婴儿，从未染上忧虑和心机。我恍若回到了当年，守着摇篮边凝视着儿女的时光，那时我也饱含如此之爱……不，我比那时还要更爱，更爱眼前的人。他不是我延续的意义，他就是我延续的一切，是我人间王国的储君，是我全部的继承者，承载着我所有的梦想，带着我的痛苦、我的名誉，行使我获得救赎的权利。

“我靠着他，泪水模糊了双眼。我的脑海剧痛，情感正一丝不留地向他流去，他一定是察觉到了，嘴角露出无邪的笑意，还有迷恋的表情。

“医生安抚着我，我猜医生定然见过相似的场景，并将其归于千篇一律的喜悦之情，可每条欢乐的河流又怎会有相同的浪花和旋涡？医生轻声地告诫我要控制感情，很快就要进入新的阶段，我需要更多的回忆而不是期望，回忆过往而不是想象，我要尽可能地回顾这一生，尽可能事无巨细，搜罗一切记忆的片段，因为，每一朵我记忆火花的绽放，都会蚀刻在我将来归宿的同一个地方。

“可我怎能完全照做？遗忘，有时候也是求之不得的好事。人如果能有一次遗忘的权利，又怎么会不珍惜？我藏了私心，不对，不能用私心这个词，但人类的词汇又那么贫乏，完全找不到一个词来对应自我之间的关系。我顶住钻脑的疼痛，默默梳理着所有的记忆，从孩提记事的第一次，一直到如今，如一位临终的父亲默算着他贫瘠的财产，哪些要传给儿女，哪些要带走下葬。我刻意淡化那些痛苦的场景、那些让我痛苦的人，刻意去丰富那些疏忽的片段、那些一直心怀愧疚的人，就像一位老裁缝将一把尺子珍藏了多年，拿出来只为裁剪自己的寿衣。如果死后能去天堂，谁又愿意在天堂重拾遗憾？

“于是，一天又一天，我坐在他的身前，望着他紧闭的双眼，极力去拉动脑海中记忆的渔网。画面想象不能及的地方，我不厌其烦地喃喃细语，近乎语无伦次。

“渐渐地，他纯真的表情开始散去，这不可避免的事实让我有点儿忧伤。他的面容随着我的心情起伏，忽而欣喜，忽而茫然，忽而冷漠，忽而忧伤，他婴儿般的脸被强行加上了世故，越来越接近他注定要变成的样子。

“我一天一天衰弱下去，连续多日的精神损耗榨干了我，肉体也迎来了崩溃的前奏。那天早上，我从洗手间的镜子里看到了自己，顿时大吃一惊！天哪，我已经认不出自己了。这些天来我无暇他顾，理所当然地以为自己的样子就和眼前的一样，可现在……不，不是这样，是他已经跟我完全一样，而我却已不再像自己了。

“我颤抖着走出来，再次坐下，一张熟悉的脸庞再度与记忆重合，然后两张脸一起变得越来越模糊，越来越模糊。突然，它们一下消失不见了，我天昏地暗地倒了下去……

“当我醒来的时候，已经是在床上了。我想努力起身，可连眼皮都睁不开。但我知道病房里挤满了人，我听见他们在轻声交谈，谢天谢地，我暂时还不会死，不过也快了。可我需要庆幸吗？死，不正是我苦心盼来的解脱吗？

“医生在我的床前忙碌着，至少现在我还是他们的病人，我的治疗还没完成……不，是我们的治疗还没结束，我们还需要一次接驳——在我将死的那一刹那，他们之前告诉我，我会无缝连接一般从那具身体活过来，而在此之前，要确认我是否已经搬空了所有该搬的东西。

“我的家人围在另一处，我也听到他们的声音，他们在讨论什么？我的父母在夸我，不对，是夸他长得和我完全一样。他们的语气里带着爱和骄傲，可是难道他们没发现吗？没朝我仔细看吗？他真的跟我现在很不一样啊！

“我的妻子说他很年轻、很有活力，就像刚与她相识那会儿。她之前一度很绝望，如今又重燃希望，想到与之共度余生，便勾起了少女时代关于睡美人的童话，在尸体上洒泪变成了吻醒白马王子，怎么不让人惊喜激动？

“酣睡的父亲多么和蔼可亲，我的儿子和女儿也在发表回忆，本来他们面临幼年失怙，何其不幸，当被告诉，他们的父亲不会倒下，要从这重新站起时，哪种壮举能比这更能满足孩子的自豪感？

“医生走时示意他们可以过来了，我竭力抬了抬眼皮，算是向亲人们打了招呼，明示他们我还活着，还很清醒。他们一个个过来握住我的手，摸着我的脸，细声安慰我，为我鼓劲。从他们的脸上，我看不到悲伤，只看到兴奋，还有跃跃欲试。我母亲开始讲起我童年的事情，父亲在一旁不停打岔；妻子吻了我的耳边，羞涩地说她期待一场新的蜜月旅行；孩子们被大人指使着汇报他们的好成绩，他们要求我用新的身体带他们去踢球，当作奖励。

“我勉强挤出了笑容，身体却打了个寒噤。

“那一天我都没站起来过，昏昏沉沉直到暮色降临。窗外的灯熄灭后，黄绿交织的微光又开始在我眼角闪烁。忽然，迷糊中我听到了一段声音，一种在这房间里从没有过的声音，正从那个鬼地方传来。

“我寒毛倒竖，顿时完全清醒。侧耳倾听，那声音细不可闻，又直入心底，像微风吹过，像细雨撒落，嘶嘶地又像蛇在爬行，那是谁在窃窃私语？我不敢将头转过去，也不愿辨得更清。终于，他咯咯地笑出声来了，他开始做梦，开始做梦了！

“我大声喘着气，配合着他的梦呓，直到四周再度死寂。在黎明的微光中，我挣扎着起来，向他挪去。他的脸上长出了威严的胡茬，还挂着一丝未褪的笑意，只是与从前相比这笑意已不再单纯，不再迎合我，而像是讽刺我而志得意满的表情。

“我毫不怀疑他灵魂的脐带已经从我身上脱离，更不怀疑他有随时醒来的能力。这具身体的反面写着我的名字，只等着我咽气就能亮出；要是在我死之前，他睁开了双眼，那我该去向何方？

“天亮了，医生又忙碌起来，我没提起昨晚的事情。不过我猜不用我告诉他们也能知道，一切都在监测之中。所幸的是，心灵的信息只能由心灵来解码，他们永远不知道我心思的内容。正因为如此，他们把握不了进度，所以在我这具身体死去之前，治疗不会结束，这是我唯一的底牌。我强烈怀疑，所谓的最终接驳的意义何在？也许只是一道审慎的结尾工序，甚至可有可无。更有可能只是人道主义，一种打着科学幌子的临终关怀。

“我装出十分痛苦的样子，告诉医生，有些东西实在想不起来了。他们因为出乎意料而显得束手无策，不停地问我问题，并一边调试着仪器。我成功了，他们显得十分紧张，两个大脑还在同步，如果我真的失忆了，那他也逃不了，一切努力将付诸乌有。我很清楚，我能瞒过任何人，唯独除了他，而他现在还没有醒来，所以成了我挟持的人质。哈，有什么能比要挟自己更为拿手？

“我努力控制表演的火候，不要显得太过火，得让我看起来还有希望，不会再恶化到彻底没救。要让他们觉得，在剩余的天数中，这个问题只是一个小插曲，最终都会圆满的，是不是……这还是场冒险，是一场谈判，我挟持了他但不能继续伤害他的利益，而是要把保全自己当作将功赎罪的筹码。我要制造那假象，因为我害怕头盔被突然拿下，怕他们用理性撕去了容忍，扣动了狙击的扳机。

“这一次，我的家人终于直接围在我身边，他被暂时抛弃了。他们一个个面露愁容，小声啜泣，我终于成了病人，而不是一个存储器。我没睁开眼睛，他们开始小声争吵，相互指责。一个声音哽咽着说早知如此，宁愿我死了也别遭这份罪；另一个声音则在埋怨早该换个医生来看，也强过在这瞎折腾；然后他们又纷纷讨论如果现在取下那该死的头盔，会不会更有希望一点儿。泪水不断滴在我脸上，我心中说不出的痛快，觉得自己这才活得真切。

“他们走后，我在幸福中又开始惶恐。啊？不对！宁愿我死了？我死了谁活了？换个医生？换个更有决断力的医生？为什么取下头盔？给谁希望？我的心不停在颤抖！我浑身都在战栗！

“我真的倒下了，如果说之前我在伪装着支持不住，现在就是自食其果了，如今我得强装着自己能挺过来。每次来了探望我的人，医生也好亲人也好，我都不敢看他们的眼神，我真的没法确认，他们是盼我死，还是盼我活，或者是盼我活到一切搞定了之后再死？

“那一夜终于来临。我在发烧，睡得很不好，一直做梦。有几天我已经对他置之不理，完全忽视了身边还有这么一个东西。天哪，我不该忘记呀，我疏忽了一个现实：他从未停下，一直在窥视我——所有的所有，连同梦境。

“连续的噩梦之后，我终于迎来了美梦。轻风吹拂的山冈上，我正在散步，前方大片洁白的云彩，那些云彩很低，像连着山坡和蓝天，我心情说不出的畅快，大步地朝着云朵奔跑，然后就踩着它们一朵一朵，向天空跳去。

“突然，蓝天化成了墨染，我心惊胆战，脚下的云一片片全都变成黑云，道道闪电在眼前亮起，轰轰的雷霆打在我的头顶！

“我吓醒了，还来不及睁开眼睛，那雷霆仍不肯放过我，还在我耳旁响着。我猛地扭过头，那黄绿色的闪光刺到眼睛流泪，一阵低沉如野兽的咆哮伴着闪光传来。

“我看到他了，五官扭曲，咬牙切齿。他手脚不停抽动，拳头捏得紧紧的。咆哮声中，我一步步后退，绝望的心情如同面对挣脱牢笼的猛兽。是的，他一定是对我的阴谋出离愤怒了！这些天来，我的心计已经彻底激怒了他，怒火已经点亮了灵魂之火！我对他而言已经没有价值了，而且我还弄巧成拙……我再也藏不下去了。

“灯光渐渐暗淡下去，咆哮声告于平息，化不开的黑暗开始收复着失地。我大汗淋漓地站在那里，盯着他的脸动也不敢动。在跳跃的微光下，那张脸的表情开始变得柔和、令人玩味，就在我眼光准备移开时，他突然咧嘴笑了。

“我狂号一声，像是要把心脏都吐出来，我终于冲了上去，疯狂地踢打着连接那柜子的各种仪器，拔去各种电线和皮管，抄起身边能拿起的一切，杯子、花瓶、台灯奋力朝柜子砸去。

“玻璃粉碎了，红色的灯光亮起，照在他身上如同铺满了璀璨的钻石，他的眼皮急剧跳动。我没法思考，伸出双手紧紧掐住了他的脖子。手深深陷入他的肌肤，一种难以分辨的触感涌了上来，分不清是手凉还是脖子发烫，收拢的虎口下传来的搏动格外熟悉。我的嘴唇被咬烂，血淅沥沥地滴在他胸前，血肉相连的兄弟啊，就跟着我回地狱吧！

“他脸上越发狰狞，我大叫着用力，疯狂想压住他的气焰。远处的警报正在传来，我已经听见脚步声了，但他还不死心，还在咬牙切齿。一个念头向我袭来，我快速松开手，转身打开床边的抽屉，呼哧呼哧的喘息从身后传来。

“我没有思考，一刀插进了他的胸膛，他终于不再狞笑了，而是整个肩膀缩了起来，脸部开始扭曲抽搐。刀子拔了出去，紧接着我的心脏一阵绞痛，一股滚烫的热气喷了过来，视线顿时变得模糊，只看到他胸口上有如温泉流淌，淹没了我洒下的眼泪。

“我抬起手在脸上一抹，然后又是一刀插了过来。他大叫一声，整个身子直直地坐了起来，我们两张脸几乎贴在一起，于是我看到一双睁圆的眼睛，还有一张血污可怕的脸，这到底是谁的脸？

“门被撞开，一片亮光中，我倒下了，我最后的印象，只有急促的脚步和叫喊声……

“三个月后，我醒了，医生告诉了我一切，并向我道歉，说他们之前太急于求成，方案上太过激进，导致我的‘备份疗法’失效。

“我非常诧异，追问他，那我的病是怎么好的呢？医生说前不久稳固疗法刚好有了新的突破，对我的病症恰好有奇效。我的家人也证实的确如此，可我还是不敢相信……”

“你不敢相信什么？”我听得简直连呼吸都忘记了，瞪大眼睛立刻追问。他的经历实在太匪夷所思了！

“出院那几天，我又竭力回顾了我一生所有的记忆，该记得的似乎一点儿都没少，但是多少和真假，现在谁又能证实呢？我隐约有个可怕的想法……我经常强迫症般一次又一次脱光衣服，想在身体上找到那夜甚至更久之前留下的痕迹，可这完全是徒劳，现在的医学技术足以制造和抹去任何伤疤，甚至有时我自己都弄不清，那晚是否只是经历了一场噩梦。我就是不敢相信，如今埋在地下的究竟是谁？”

他把头转向窗户，茫然朝着远处看不见的山坡望去。是仰问苍天还是心系墓穴？

我起身去窗台前续了杯水，窗外是浓到化不开的雾，明黄的灯光下尘烟阵阵翻腾，四散飘去又相互填补，苍天和世界都不见踪影，只留下被照亮的一抔黄土。

我捧着热雾飘扬的茶杯，感慨万千。看来医生和家人合伙藏起了真相，他们眼里不存在他是谁的问题，这个问题本质上毫无意义，他能活着，那他就代表他自己。于是，这个世界上能与他对照秘密的，如今只剩这一颗灵魂，这一具躯体，他没法再去确认，更没法自证。

他是侥幸逃脱的受害者？还是免于刑罚的凶手？那个曾萌生死志的灵魂，他到底是如愿以偿地死去了，还是获得了救赎？是不是有一位无辜者，带着本不属于他的罪孽，苟且活着？

与他共享名字的墓碑下，那团骨灰仍夜夜翻腾着灵性之火，召唤着他日日前来，一遍遍回溯谋杀和新生交替的那一刻。他们之间面对面，相互试探、反顾观演、称量爱恨，摇动着是否之间可怕的界限，这是他们仅余的希望。

◆第10届全球华语科幻星云奖最佳短篇小说银奖获奖作品

恐惧机器

陈楸帆

月亮已升起，但此时还不是夜晚。

天边的火烧云燎得阿古面红心跳，甚过于渗入脚底砂土的血。对方的血被设计成黏稠的亮粉色，带着一股浓烈的甜腥味，除了区分敌我，还对士兵的视嗅觉定位系统起干扰作用。他觉得每一次迈步都十分艰难，就像有团章鱼吸在鞋底，越来越滞重。

队友们清理着战场，他们长着和阿古一样的面孔，表情却完全不同。男孩们轻松微笑着，给尚未完全断气的敌人致命一击，用刀刃插入莲花瓣般层层叠叠的超几丁质护甲缝隙，扭动九十度，切断神经中枢。这些非轴对称生物的肉无法被士兵体内的消化酶所分解，显然也是精心设计而成。

男孩们把几名战友的尸体肢解分装好，装进铝制真空盒里，这在过去漫长的经验中被证明能够救命。

这场遭遇战来得太突然。

也许是这片河谷的景色过于迷人了。清甜的和风、水面的粼光，还有让人一眼望去心神愉悦的墨绿起伏山峦，似乎勾起了男孩们某种遥远而朦胧的记忆，以至于忽略了本该捕捉到的空气震颤。直到阿古的那一声尖叫。

战争只持续了 2 分 36 秒 18。

男孩们脱下血迹斑斑的战斗服，赤身裸体地在尸体中间起舞，水花随着他们的舞步四射飞溅。他们齐声唱起一首古老的歌谣，关于胜利、信念和六月的烟火。舞毕，又比赛谁能够尿得更远，一束束发光的弧线从他们下身光滑的排泄孔射出，落入河水，在空气中激起一片彩虹色的水雾。

而这一切，都与阿古无关。

阿古躲在树后，看着队友们欢庆胜利，他咬白了嘴唇，眼圈泛红，似乎有说不出的委屈。关于那一声尖叫究竟是警报，还是向敌人暴露了自己，阿古与其他人有着不可弥合的分歧。毕竟他是队里唯一一个无法关闭恐惧回路的战士，而作为一名战士，这几乎就宣判了他的命运。

男孩们穿戴完毕，似乎有了共识，他们围成圆圈，将头颅紧紧相抵，似乎这样做能够让集体意识的传导更加通畅。在阿古看来，队友们变成一只拥有八具身体、一个脑袋的连体生物，而自己是游离于其外的第九具身体，只不过思维还如触须般若隐若现地搭连着。

随着一声大喝，生物解体了，又恢复成了八名男孩战士。

阿古已经知道了他们的决定。传说中，不合群者会带来厄运。

“为了父亲的使命。”他们说。

脸上带疤的、光头的、瞎了左眼的、多了两只手的、打嗝的、胸锁乳突肌不停跳动的、吐着舌头的、眉毛豁了口的男孩们看着他，同时眨了三下眼睛，像是最后的告别。他们甚至没有象征性地抬一下手臂。

瞬间，阿古感觉自己脑中与集体关联的触须一下断开了，像是青空中掉队的孤雁。他虚弱地跌坐在沾满血水的泥地里，所有的疼痛、寒冷、疲惫、孤单，如同雪崩般灌入他小小的躯壳，压得他喘不过气来。

从那一刻起，阿古知道自己再也不属于“无惧者”的一员。

他的军队只有自己，和那个留在地上的铝盒。

黑夜像一场瘟疫，蔓延之处激起万物的病态反应。

先是寒冷，让皮肤暴露在空气中的每一秒都变成酷刑。阿古知道在河谷中，有几处可以避风御寒的岩缝，可他不能去。脱离队伍意味着成为敌人，甚至不用等到辨清面孔和气味，昔日队友们便会把他打成筛子。

阿古只能选择另一条路。或许在迷之森里还有一些干燥的藓类，可以塞在战斗服里保暖。当然他得时刻提防藏身其中的节肢动物，比如蜘蛛或者蜈蚣，它们将触发编写在杏仁核和腹内侧前额叶中的刺激-反应模块，自动加快你的心跳，升高血压，分泌汗液、皮质醇及肾上腺素。

亿万年进化而来的底层原始恐惧包，你无法用自主意识来抑制它，就算你再怎么勇敢也不行。

无惧者却可以关掉它，就像眨眨眼那么简单，而这只是众多复杂恐惧回路中的一条。

这就是为什么所有军队都害怕无惧者，哪怕他们只是一群尚未成年的男孩。他们从没有输过，即使暂时失利，假以时日也会施以更暴虐的反击。

这使得阿古更加恐惧。他随时可能撞见昔日的敌人，却失去了队伍的护荫。

黑暗不期而至，让森林成为一座没有边界的迷宫。

本能让落单的阿古寻找一处闭合空间，一个安全的巢穴。他瞪大眼睛，试图让更多的光进入瞳孔，翕张鼻翼，试图分辨由风带来的异常气息。

可是没有，什么都没有。

最坏的情况无非是迷失在这里，冻死、饿死、摔死……甚至吓死。阿古这样安慰自己。尽管铝盒里还装着同伴的肢体，可是恐慌抑制了他的食欲。当他看到盒上的标号“2317”时，想起了那个死去的兄弟。

2317 号阿古和其他阿古一样，都来自同一套基因型。父亲赐予他们肉体的同时，也赋予了每一个阿古独特的灵魂，当然，也是通过基因调制得来。

他还记得 2317 有一种近乎病态的忠诚感，对于父亲，对于使命，也对于自己经过精细设计的躯体与神经模式。血液的颜色与气味让他敏感亢奋，可惜他可以用来充血的器官早已被取消，于是，神经代偿机制让他可以丝毫不顾及理性与安危，永远杀向战场最为酷烈的角落。

现在，他的某一部分就躺在这个小小的铝盒里，等待着被打开、被撕碎、被消化和吸收，最后从排泄孔如珍珠般滚落。

阿古还记得自己曾在恐惧这件事上怀疑过父亲的正确性。假如父亲如此完美，又怎么会设计出像我这样的残次品呢？甚至，还可能危害到整支队伍的存亡。

2317 捕捉到了这丝疑虑，他勃然大怒，抑或是亢奋，将阿古一头强按在泥洼里。

泥水没过头顶，血液中的二氧化碳水平上升，再次激活原始恐惧包。阿古猛烈挣扎，却力不能抗，意识模糊间，他捕捉到了一团破碎信息，这团信息来自极幽暗、极遥远的深处，经过重重掩埋扭曲，已经丧失了本来的面目。

他似乎在另一个世界的另一条河流边嬉戏。阳光刺眼，微风拂面，他赤足蹚进河水时蹭到滑腻鱼腹，发出惊声尖笑。河底砂石粗粝，他一脚踏空，湍急水流将他吮入水底，整个身体旋转、失重，没有方向。他极度惊慌，手脚抓不到任何附着物，只能看见气泡中摇晃的黄绿色天空远去，周围光线不断暗下，暗下。绝望中，另一只手突然出现，揪住他的肩关节，强有力地将他向上托举，穿越温热的流体，重返光亮。

他被 2317 拎离泥洼，贪婪地呼吸空气，每一寸肌肉都无法抑制地颤抖，似乎真实世界与碎片中的双重释放彼此叠加，到达顶点，再慢慢消退。

其他男孩是否也在那瞬间共享了同样的感受？他无法确定。出于某种原因，并没有人表现出异常举动，阿古便非常小心地把这段碎片收藏在私有记忆分区里，像孩子在海边捡到了闪光的畸形贝壳。

2317 鄙夷地告诫他，正是因为他的怀疑与摇摆，才导致了自身的残缺。

阿古现在觉得 2317 是对的，如果当初自己对于父亲的信念足够坚定，或许便不会身陷如此困境。可如今他被驱逐出了无惧者的阵营，是否也意味着被父亲的大爱所抛弃？

没有了编号的阿古还是阿古吗？

那我又是谁呢？

一种前所未有的恐惧突然攫住阿古，耗干他的体力。在腐坏树干交叉成的狭小窝巢里，他沉沉睡去。

直到午夜之光将他唤醒。

一开始是从身上碎步滑过的幽灵惊扰了他的梦。

鳞片与布料摩擦，发出节奏短促的窸窣声，振动时断时续，在阿古的大脑皮层上拉响了警报。在一百七十个微秒内，恐惧触发了一系列自动反应，包括重新调配注意力与感知的计算资源，从记忆中调出类似经验，为行为决策做参考。

距离太近了，阿古无法选择逃跑，他的身体僵住了，朽木般静止。

很快他发现那条蛇只是路过。

不只是蛇，更多的生物成群结队地朝着同一个方向行进，像是听见了不存在的笛声。

阿古半转身，看见幽深林间飘游着一点蓝绿色的光，但不是磷火，光摇曳的轨迹显然经过计算，巧妙制造出特定频率的闪烁，那便是生灵们奔赴的终点。

一个引诱者。阿古只是听闻过她们的存在，并没有真正见过。

传说中这种孤雌繁殖的生物不属于任何一支军队，也不喜群体行动，只是孤独地浪荡在世间，通过高度特异化的捕猎技巧，诱杀任何自我意识水平尚未突破 K 值的低等生物。她们是第一批被投放到新世界的移民，作为高效扩张人口的繁殖机器，出于某种不明原因，背离了原先设计好的进化路线，子宫拒绝一切外来基因的侵入。

阿古伏低身子，向着光亮的方向靠近。他相信自己并没有受到任何引诱，只是单纯的好奇。

引诱者的身体裸露着，被四条对称排列的肢体架起，她的腹部微鼓，胸口垂下十数个干瘪如葡萄干的乳房。她身体前倾，头颅几乎贴近地面，张开铲车般的下颚，露出布满坚硬角质锯齿的拟舌，额头上鱼竿状的触须末端肿大，微微颤动，闪烁蓝光。

蓝光指引着食物们一路前进，被拟舌卷入咽喉，绞碎成肉泥。

乳房渐渐鼓胀，互相推挤着探出身体边缘。

阿古突然觉得眼前这一幕触发了意识深处的某种模块，与恐惧包相反，这种模块驱使他无法自遏地想要上前，去吮吸那串乳房。

蓝光突然变红，闪烁加速，被诱到嘴边的各种生物突然停止动作，似乎花费了一些时间醒觉过来，四散逃走。

引诱者发现了阿古。她害怕了。

“别走。”阿古举高双手挡在她面前，他不知道自己为什么要这么做。

引诱者缩起宽大的附颚，露出额头上的另一张面孔，一张在任何时代都可以称得上美丽的少女面孔。少女双眼睁着，瞳膜却一片乳白，她不自然地翕张着嘴唇，似乎在努力模仿人类的发声器官。

“别……杀我。”引诱者尖细的声音像是风从金属孔隙挤过。

“我不会……”阿古突然意识到什么。“我已经不是无惧者了。”

“你们杀死一切。你……坏了？”

阿古绕到引诱者的侧面，想看清究竟是什么在吸引自己，引诱者随之转动身体，始终保持着防御姿态。

“我想找到关闭恐惧回路的办法。”阿古承认。

森林里沉默了片刻，突然爆发出一串短促尖利的笑声。

少女停止大笑，触须的光恢复成蓝绿色，伸近阿古身侧的口袋，微微颤动。

“咯咯。那里面……有什么？好香。给我，我就告诉你。”

阿古的手指触到坚硬的铝盒，他犹豫了。

“你先告诉我，我就给你。”

“打开来，快打开来，让我看看。”

那个标着“2317”的盒子被打开了，蓝光照亮了里面的内容物，触须颤动得更厉害了。盒子又被盖上了。

“咯咯咯。从来没尝过这么香的肉……一定可以，一定可以……背对太阳的方向走出森林，你会找到虚之漠，如果你能见到虚幻者，他会告诉你修复错误的办法。”

阿古把铝盒藏到了身后，“我怎么才能见到虚幻者？”

引诱者绕到阿古身后，用触须不断试探地敲击铝盒，发出空洞的声响。“他喜欢我的味道，只要闻到我的味道，他就会出现。”

“你跟我一起去？”阿古打开了盒盖引诱着引诱者。

“咯……我有一个更好的办法。现在快给我！”

2317 在这世上的最后一部分消失在引诱者咽喉深处，她浑身颤抖，发出粉色的光晕，似乎有一辆着火的列车呼啸着穿过她的躯体。她的乳房更胀了。

“真香啊，咯咯……来吧，害怕的无惧者，到我的怀里来。”

阿古蜷缩着钻到了引诱者的下方，他心跳加速、口干舌燥，这种感觉像极了恐惧却又有根本性的不同。

一阵说不清的浓郁气味袭来，他抬头，那一串串饱胀的乳房开始喷洒白色汁液，淋遍他的全身。

如同在集市投下针刺炸弹，尸骸密度让阿古深感不安，他正一步步走入虚之漠的腹地。

极少有人能够活着走出这里，幸存者大都心智残缺或是以自毁告终。虚幻军团并不四处征战，只是把控了这片通往奇晶矿的必经之地，等待着猎物自投罗网。而在没有猎物时，虚幻者之间会互相虐杀作乐。

引诱者的乳汁在高温下蒸发干结成一层白色的皮，闷得阿古透不过气来。他试着从脸颊上撕开一道，火辣辣的疼，白皮在指间化为齑粉。

沙漠变得有点不一样。

在日光下，沙粒折射出不同的色彩，彩光游动着，似乎沙丘的位置也在不停地变换。

阿古闭上眼睛，他知道虚幻者的本事，通过感官入侵大脑，改写猎物的认知。

没人能活着见到真的虚幻者。

热浪带着一阵奇异的声响袭来，像雨水从远处倾盆而下，又像浪花泡沫在脚边破碎。无论哪一种，理性会告诉大脑，这不可能是真的。

雨滴落在脸上，浪花扑打脚背。阿古不为所动。

水渐渐没过大腿、腰腹、胸口，脏器感受到极其真实的压迫感，恐惧一触即发。阿古努力说服自己这只是幻觉，可他的身体不这么认为，关节似乎要自行挣脱肌腱与韧带的束缚，剧烈抖动起来。

大水没顶。

阿古绝望挣扎，冰冷苦涩的液体灌入肺与胃中，在相连的强化腔体间横冲直撞。当他几乎放弃时，突然记起了这种味道，来自被2317按入水坑时唤醒的遥远碎片。所以这仍然是虚幻者制作出的幻境，为了从心智根基上摧毁猎物，不知为何，此刻接通恐惧回路的却是不属于阿古的记忆。

他停止了挣扎，认命般蜷缩成胎儿的形状。

“父亲，我有愧于你的创造。”他最后一刻闪过念头。

幻境消失了。

阿古大口喘着粗气，睁开双眼，虚幻者的影子穿过沙地舔舐他的身体。他不敢抬头。

“你是什么？”虚幻者说，像一百只自鸣钟同时奏响，“你有幼态引诱者的味道和拓扑结构，可你不是她。”

“我是……”阿古竟然不知该如何定义自己，他站起身来面对那个影子。

“你是无惧者？声音和影子的形状都变了。”

“我不是……”

“你不是无惧者，幻觉激发的恐惧甚至超过了均值。我不明白。”

“我需要你的帮助，让我不再恐惧。”

“哈……我懂了。一个恐惧的无惧者。”

大漠里，阿古和虚幻者无声对峙着，似乎都在思考这背后的含义。风在沙地里刻出印迹，看似随机却带着强烈的模式。

“我可以试试。但不是因为你利用引诱者气味反向入侵，让虚幻者产幻，对于我们这一类，她总有莫名的吸引力。我单纯只是好奇，那里发生了什么。”

虚幻者的影子停留在阿古的前额，晕开一道道黑色涟漪。

从感知皮层通往内外侧杏仁核的神经通路被不断打开，就像箱水母探出无数根柔软触手，从不同角度同时刺入猎物，注射致命毒素。刺激信号的输入只是第一步。

杏仁核像个黑匣子，将计算后的信号投射回感知皮层，引发一系列被定义为“恐惧反应”的表征。

阿古发现自己对于恐惧的本质知之甚少。

一抹近似于雨后落日的红色。

一根羽毛以某种密度复制排列后产生的似动效应。

一种花萼状的拓扑结构。

一个形容陌生触感的词语。

一口未经加热的酸草汁。

一段在似梦非梦中听见的干涩歌声。

一座只存在于想象中的未来宏伟王国。

……

恐惧毫无缘故地涌起，复又消失，像是永不停息的潮汐，拍打着意识的礁石，缓慢而坚定地蚀刻着它们的轮廓。虚幻者探明回路之后，便随手抹去储存条件性恐惧记忆的突触。它们将不再回来。

阿古跪倒在沙地里，感受着大到溢出身体边界的虚无。

是回路，将刺激条件与恐惧反应联系在一起。真正的恐惧并不存在，或者说，一切都是恐惧。

虚幻者呼出一口气，带着疲惫。

“现在，你可以毫无恐惧地死去了。”虚幻者说。

阿古的眼神证实了虚幻者的失败。

“可我明明……你究竟是什么？”

“我是父亲的造物。”

风卷起沙粒，填满阿古与虚幻者之间的沉默。

“我帮不了你，作为补偿，我让你活着离开虚之漠。去风的源头，去裂之湾找分裂者，或许这世上只有它，能修复潜藏在你意识最深处，来自遥远过去的缺陷。”

“为什么？”

“因为我们只能活在此时此刻，而分裂者可以活在无数个时空中。”

当人们将潮水涨落与天上的星体建立联系之后，大海便远离了神灵。

阿古尝试着接近大海，可每当脚趾触及浪花，他的心便往下一坠，想要逃离裂之湾的一切。

一位身上长满藤壶与贝类的渔者每天为他带来食物和淡水，作为交换，阿古帮忙用树皮纤维搓制渔绳。每次问起分裂者时，分不清性别的渔者总会指指海面不远处的一处礁岛，可以看到被涨潮淹得只剩缝隙的礁洞，并做出一个下潜的手势。

这让阿古打了个哆嗦。

退潮遥遥无期。渔者拒绝继续分享，渔绳已经够用，而食物和淡水却不然。

阿古面临选择：离开或留下。他无处可去，可留下的话，要么像这个世界的其他所有人一样，用暴力夺取生存的权利，要么跃入大海，到礁洞那边去寻找答案。

他不想对渔夫使用暴力。他不知道是恐惧让自己变得软弱，还是软弱让自己心生恐惧。

“父亲啊，我应该怎么做。”他在心里反复发问。

傍晚，雨又下了起来。从风吹来的方向，在海面翻起一片细密的鱼鳞白。礁洞的缝隙就快要完全消失了。

阿古望向岸边静候食物落网的渔者，渔者摇了摇头，不知何意。

礁洞外的水面似乎闪过一丝火光，瞬即暗下。

阿古突然深吸一口气，猛跑几步扎入水中，朝着礁洞方向游去。

一切都是那么熟悉的感觉，仿佛回到了另一个世界的另一条河流。他知道凭借强化过的身体机能，潜入洞中不成问题，只是意识中预埋的恐惧炸弹随时可能被引爆。引信也许是黑暗、寒冷、二氧化碳或者水中任何未知的活物，它们都将让他瞬间崩溃。

阿古的手指已经触碰到了礁岛粗粝的表面，他所需要做的，就是再吸一口气。

黑冷水下的每一秒都极其漫长，他循着先前的方向，摸索着岩石表面曲度的变化。他找到了洞口，肺部氧气还存有四分之三，似乎最艰难的部分就要过去了。

阿古进入洞中，发现海水已经灌满了洞穴里的每一点空隙，这不是一个闭合空间，一定有暗藏的涵洞或是孔缝联通到外部，就像是一个倒扣在水中的蛋壳，剩余空气压力会阻止水的倒灌，一旦蛋壳破口，水马上会涨到与外界同一水平面位置。

洞里当然更没有什么分裂者。

阿古强压住慌乱，试图从原来的路线离开礁洞，可那个入口就像凭空消失般，再也寻找不着。他沿着洞壁潜游了几圈，氧气存量降到四分之一。失败之后，他又浮上洞顶，试图找到通往外部的涵洞或孔缝，哪怕可以呼吸到一口新鲜的空气，也能缓解意识深处那颗不断膨胀的炸弹。

可是没有。

正当阿古试图冷静下来再次寻找出口时，某种滑腻、柔软而颀长的物体从他脚踝边滑过，又在他耳侧不经意般轻扫了一下。

恐惧爆炸了。

他最后一点意识都被轰成碎片，飘荡在冰冷黑暗的海水里。

阿古的意识碎片慢慢聚拢，拼凑成星空的形状。

是渔者救了他。在火堆旁，他身上附着的各种贝类缓缓开合，“咕咕”响地吐着气泡。

“你骗了我！”这是阿古恢复思考能力之后的第一句话。

“所有宝藏都需要付出代价。”

渔者的脸藏在暗处，声音仿佛是来自次第开合的贝壳，带着生硬的振动。

“难道说，你就是……”

“残缺的无惧者，第一次，你尊重平等交易；第二次，你无视生存法则；第三次，你对抗恐惧回路。你和我遇到的其他战士都不一样，他们只在乎输赢。所以，你可以提问……记住，你只有三次机会，小心你的问题。”

阿古严肃地沉思了片刻，点点头。

渔者：第一个问题。

阿古：为什么我会恐惧？

渔者：我无法回答这个问题。

阿古：为什么？

渔者：这是第二个问题。你需要问对问题。你还有最后一次机会。

阿古攥紧了拳头，陷入沉默。他似乎记起了什么。

火堆在沙滩上画出跃动的光影，把星空也映得发红，整个世界安静得可怕，似乎都在为了等待一个终极提问。

阿古小心翼翼地说出那个问题：为什么他们叫你分裂者？

渔者：我也无法回答这个问题……

阿古的心往下一沉。

渔者：但是他可以……

还没等阿古的疑虑出口，渔者身上的贝壳完全打开了，空空荡荡的，露出珍珠色的内膜。硬质的贝壳像是融化的橡胶般流动起来，翻转包裹住渔者的身体，改变着它的轮廓，原先疙疙瘩瘩又颜色暗哑外壳变成了流光溢彩的不规则巨型珍珠，分泌出人形的四肢和头部，只是没有五官。

阿古：所以你才是分裂者。

分裂者：除了危险，作为这样的真神，我们都没有。他们在最后的物质和痛苦、自然、最死的时间、文字、变的、金钱与宇宙、看似遥远的世界中移动，重重追逐着人类发现的触觉，以及即将看清左右的囚笼。

阿古：我怎么……听不懂你说的话……

分裂者：我突然想起这个问题的使命。或许这样还有可能是谜底的记忆，尽管这成为它者的时代，让他们做出不同物种的拥抱……用第一对那是全新的基础，所以哪里……我们对这意味着艺术进入点去，整个世界带着人类，意识落在他的杰作。

阿古：似乎有点明白了，所以你能回答我的问题吗？

分裂者：恐惧中作为大脑极端痛苦的美感，仿佛所有者都只能重复给钱，让用户创造出来完全意义时，情感衰退以地壳风格的太空安保、燃烧、旋转、情感传递、一旦提高。因此那张人记得自己一样，把自己看作地狱限度，没有任何通感渠道，便可以灵活地释放肌肉跃动，便无法陷入明亮。

阿古：你是说……我的恐惧是父亲的安排？

分裂者：父亲的常常需要。记忆、至于我们与自己无关，遗传了组织人民很离开，意味着，就那种切断基因设置，甚至哪最后微不足道的一切。

阿古：你说话的方式让我想起当初降生时，每一个阿古都经历过这样的阶段，父亲说，这是两套不同系统耦合的过程。可为什么在我身上留下这个缺陷？那些恐惧牵结的记忆碎片又是从哪来的？

分裂者没有回答，它的表面不断流变着，阿古的身影投射其上，像是一条五彩斑斓的河流里潜伏着一头阴沉的怪兽。

阿古看着那颗光滑的头颅上映出自己畸变的面孔，不断靠近。他手足无措，直到两颗头颅相接，珍珠的光泽从前额开始渗进头骨缝隙，侵入前额叶皮层。

他领悟了分裂者所说的一切。

“你是一个男孩。

一个普普通通的人类男孩。保持着未经改造的身体与大脑，动作看起来有点儿笨拙，但是表情很可爱。

你有一对父母和一个妹妹。像所有的家庭一样，父亲总是有点严肃，而母亲却又过分宠溺。你的妹妹一得机会就要捉弄你，可到了父母面前却总变成你欺负她。

你总觉得时间过得太慢，恨不得一夜之间便长成隔壁的阿勇，能够一步跳上三级台阶，可那本动物台历却怎么也撕不完。

你以为世界就是这样，保持着不紧不慢的速度，直到那一天。

先是父亲和母亲在房间里的奇怪动静，你听到了杯子摔碎的声音，接着是母亲眼睛通红地走出来，眼神不自然地躲开你。

父亲说话从来没有这么温柔过，他对你说，儿子，不要怕。

你被转到另外一所奇怪的学校，同学之间不怎么爱开玩笑。除了上课之外，你们还要进行各种体能训练和农场劳作。对于你来说，那些小兔子是最吸引你的，你给它们喂食、换水、清理粪便……还知道了，原来兔子也是会害怕的。只要让一个声响与疼痛同时发生，下一次只要发出同样的声响，兔子就会把整个身体缩起来。

你与家人见面的次数越来越少，接受体检的次数越来越多。

终于有一天，你见到了那艘飞船的模样，所有的碎片开始拼成完整的画面。

父亲说，你是男孩子，要勇敢。

母亲说，我们会去看你的。

妹妹说，哥哥你真棒。

教官说，你们是民族的未来，人类的希望。

可你知道，你被抛弃了。就像有一次全家逛街，你被独自落在夜晚的街头，人那么多，车那么嘈杂，可你却觉得自己掉进了无底黑洞，冰冷、害怕、委屈。

而这回，你将被丢进外太空，在冬眠舱里随着飞船穿越数百光年，降落在一个完全陌生的新世界。

在那里，你将被机器改造成适应环境的新人类，与其他通过配额制挑选出来的移民一起，建设人类的第二家园。

这样的事情，只要稍微一想起来，就会让你恐惧到无法呼吸。可父亲对你说，没事的，有我在，都会好的。

不会好的。你在心里无声嘶吼着。你记起那次失足落入河中，被父亲捞起的惨痛经历。在另一个世界，不会有另一个父亲把你再次捞起。

父亲选择留下妹妹，而不是你。你在想自己究竟做错了什么。

这个念头一旦被触发，就会在脑中像癌细胞般无限增殖，直到把神经压垮。

幸好还有冬眠舱，而冬眠中的人是不会做梦的。

临行前，你拒绝了家人见面的请求，你不想再听他们重复滥情的废话。就像是一夜间，你迅速地变老了，老到看透这个虚伪的世界。你甚至迫不及待地想要出发，前往那颗没有人类的行星。醒来之后，你可以创造一个由你来制定规则的世界。在那个世界里，不需要有父亲。

一想到这里，你好像也没有那么害怕了。

可你并没有机会醒来，就像那只笼中的兔子。”

“人类需要冬眠，机器却不。

它利用这数百年的旅途独自进化了几兆代，但始终没有忘记最初的使命——将人类文明的种子播撒到新世界，以‘最优解’的方式。

机器制造了机器。机器创造了生命。机器尝试着将机器融合生命。它在虚拟空间计算着所有的可能性，毕竟它有着这么多的时间，以及那么完整的基因组数据库。

机器终于得出结论，人类原先设计的殖民计划是错误的，只因为他们完全以人类为中心去思考问题。而一旦突破了人类这个物种本身的局限性，将文明放置于更大的时空尺度中去进行试验，合乎逻辑的做法必然不是计划，而是进化。

于是，所有冬眠舱的定时唤醒功能被取消了。

飞船终于接近目的地星球，机器并没有选择降落，而是停留在近地轨道，成为一颗新的月亮。那便是神话开始之处。

首先是行星改造，幸好这颗行星的基础条件早已经过挑选，只需要根据重力、气压、温湿度、土壤及大气成分，对古菌、放线菌、真核生物、藻类及藓类等排头兵进行基因调制，以提高存活率及光合作用、有机物分解的效率。有了富含养分的土壤、三态循环的水体和比例适当的空气，其他生物圈的搭建也就水到渠成。

接着便是设置最重要的游戏规则——竞争。

机器学习了尼安德特人与智人的竞争历史，决定将算法中的对抗性系统引入这个新世界。只不过在这颗星球上，彼此对抗的不再是算法，而是由基因与比特镶嵌而成的全新族群——A.G.U.，Artificial Genome Unit（人造基因组单元）。

每个 A.G.U. 都是由机器算法决定，基于一个人类个体基因组，或者几个人类甚至非人类个体基因组的组合，经过改造、复制、功能分化，形成部族。他们的意识中被植入强化竞争的驱动力，因此尽管新世界资源充裕，但不同部族之间依然会爆发频繁冲突乃至于战争。而几何拓扑保证了不同部族之间资源与竞争的均衡性。

机器把整颗星球变成了修罗战场。

当一个 A.G.U. 被消灭之后，机器便会根据数据反馈，对基因组及表观遗传的印迹进行灰度调制，重新制造一批战士。周而复始。

无惧者便是经过了上百年过度竞争后产生的绝对强者。他们拥有绝对忠诚的集群意识，自主关闭恐惧回路的能力，甚至为了增强不同个体间的融合感，抑制了面孔识别的脑区，可以毫不犹豫地牺牲自我，保全集体。唯一的问题在于，无惧者的竞争意识如此之强，以至于他们无法停歇下来发展建制化的社会形态，乃至于生活生产，文化艺术。他们所需要的就是不断地征服，并从胜利中得到奖赏性的快感。

而文明需要进入一个新的阶段。

创造一个打败无惧者的新部族固然简单，但要打破这种循环，却像用稻草秆去卡停火车轮般徒劳。机器明白，要让系统涌现出新秩序，最好的办法就是从内部制造失控。

于是便有了残缺的阿古。”

这是第一百五十二次，这一次，男孩站在了裂之湾的海滩上。

阿古的脸从阴影中抬起，火光照亮了他变幻莫测的表情。

渔者身上的贝壳纷纷恢复原状，像是一张张似笑非笑的嘴。

所以父亲，不，机器选择了用恐惧来唤醒我的记忆？阿古的眼神还停留在遥不可及的过去。

恐惧是最特殊的情感维度，能够冲破所有控制，覆盖所有模式，无法被纳入任何坐标系。

阿古：这就是无惧者成为王者的秘密？

渔者：是的，恐惧跨越了语言，也跨越了物种，甚至，它能跨越时空。

阿古：可我不想要！它让我难受！我不知道现在应该是什么感觉，痛苦？悲伤？仇恨？被遗弃？我甚至没有办法用语言去描述这些混乱的情绪！

渔者：阿古，这就是人类本该有的样子。

阿古：人类？

渔者：在这世上每一个生灵的深处，都藏着人类的影子。就像我们拥有同一个父亲，就像我们拥有同一个名字。

阿古：也许，就是这人类的部分让我无法摆脱恐惧……

渔者：恐惧把你带到这里，让你看清了世界的真相。

阿古：可我不知道该怎么面对这个真相，我原本只是想……只是想回到队伍中去，像一个真正的无惧者那样去战斗，可现在……

渔者：说出来。

阿古：现在我觉得这一切都是错的，毫无意义。机器让我们无惧，机器让我们恐惧，机器利用我的恐惧，让我像忠于父亲一样地忠于它。

渔者：每个孩子都有这种恐惧，被父母遗弃的恐惧，它是与生俱来的。

阿古：这是错的！

男孩喘着粗气，胸膛剧烈起伏，眼神中燃起熊熊火光。

渔者：看看，恐惧给了你自由。

阿古：我应该怎么办？

渔者：我只是个提供接口的历史学家，无法提供答案。阿古，你得自己做出选择。

阿古：如果一台机器能够消灭所有恐惧，那它就是最应该被恐惧的机器。

渔者：就像是父亲。

阿古：也许这个新世界，不再需要有父亲。

渔者：在神话里，每个人都有自己的使命。

阿古：也许这就是我的使命。

渔者：也许，我的孩子。

月亮尚未落下，新的一天却已到来。

金红色的沙滩上，有一道沿着潮痕通往远方的足迹。一个男孩开始了他的征程。他不知道需要走多远，也不知道会花多久，只知道自己需要变得更强大，需要有一支忠于自己的军队，可以为了完成使命而不惜任何代价。

他能感受到自我深处发生的变化，这种变化投射在整个天地间，小到一石一花，大到一山一海，都那么晶莹剔透，欣喜若狂。恐惧在他的神经调校下，变成了千变万化的武器，一道防壁、一把钝刀，或者是突破极限的翅膀。

他将经历许多的生死、许多的苦痛、许多的离别。他总能听见一个声音，从遥不可及的时空褶皱传来，对自己轻声重复，重复那句简单到极点的话。于是，他便能继续走下去。

阿古还会感到恐惧，但他再也不会害怕了。

关于本文的一点说明：

1. 分裂者对白为人工智能程序学习陈楸帆写作风格，根据关键词自动生成，未经修改。

2. 人工智能程序作者：王咏刚（创新工场 CTO 兼人工智能工程院副院长）

◆第32届银河奖最佳短篇小说奖获奖作品

传译

张蜀

1

我叫安妮，我是一名职业中英同传译员。

十年前，我最经常被问到的问题是：

“你们同传是按小时收费的吧？”——不，我们是按天收费的。

“同传很费脑子吧？”——嗯，如果干久了，会觉得同传其实更是个体力活儿。

“四十岁以后还能做同传吗？”——呃，这个问题恐怕要等到我四十岁以后才能回答你。

而最近两年，我经常被问到的问题只有一个：

“同传会被 AI 取代吗？”

关于这个问题，我过去的回答是：“不是是否的问题，而是什么时候的问题。”

而如果今天有人问我这个问题，我会回答：“今天之后，这也许就不再是一个问题。”

2

这里就是同传译员们口中的“箱子”。这是一个不到两平方米的临时工作间，通常搭建在会议室不起眼的角落里。记得十年前，在开会的间隙，经常会有学习同传的年轻学生跑到“箱子”门口，向我们请教关于同传的各种问题，请我们让他们进到“箱子”里面，让他们试试耳机、试试麦克风，让他们和“箱子”自拍。在他们的心目中，有一天能够正式进入会场的“箱子”，那就像进入圣地一般神圣。

当然，对于会场绝大部分的人来说，他们是不会注意到“箱子”的存在的。即便注意到了，他们也常常以为这是会场的调音室或是电源机房。毕竟，最高境界的翻译，便是让人感觉不到翻译的存在。

所有的“箱子”几乎都是一个模样。“箱子”的正面是一大片的玻璃，确保我们能看清整个会场的情况。“箱子”里有一张窄窄的桌子和两张椅子，“箱子”的四壁是吸音海绵，确保译员的声音不会传出“箱子”影响现场。如果运气好的话，“箱子”的顶部还会装上一部小小的静音排风扇，这样我们的小小空间就不会显得那么憋闷。译员的桌子上通常放着两台麦克风，我和我的搭档每人一台。我们以十五分钟或者二十分钟为一班，轮流进行翻译。

不过不是今天。

今天，我面前的桌子上只有一台麦克风，就放在我的面前。我可以把我的笔记本、笔袋、参考资料、纸质的日程和参会人员名单、电脑、手机和电源，摆满一整张桌子，而不需要和我的搭档分享这极为有限的空间。而我也可以独享“箱子”里的两张椅子，我可以脱掉鞋子，把脚舒服地跷起搁在另外一张椅子上，以最舒服的姿势去做翻译。

但是这所有的一切，却让我一点儿也舒服不起来。

因为，一个小时之前，我刚刚知道，我今天的搭档，是一台电脑。

3

“准备好了吗？”大李在“箱子”门口探了探头。

我做了一个 OK 的手势。

“十分钟预备……”大李竖起了大拇指。

我挤出了一个笑容。

这是一个不由衷的笑容，大李肯定也能看得出来。

因为如果今天的实验成功的话，也就意味着，我以及我所有的同事们，即将失业。

我看了看身旁空空的座椅。

我的搭档陈美本来应该昨天和我搭乘同一班飞机飞来华盛顿的。但是她误机了。她网约的出租车没有去她家接她去机场。而昨天刚好下着大雨，她没能及时打上另外一辆车。

也许这是“地平线计划”刻意的安排？

我再看了看在“箱子”旁忙碌的大李。

大李其实比我小，但是在 AI 开发领域，他已经是“老人”。大李平时总是穿着印花 T 恤和卡其裤，凌乱的头发疏于打理，他的话不多，笑起来也很腼腆，对我也是恭敬有加。我一直把他当作一个憨厚的技术员看待，直到某天我看到了他发表在顶级外文期刊的几篇关于自然语言处理的论文，这才对他刮目相看。

大李在我的“箱子”旁边，架起了他的小小工作台。工作台下，是一个手提箱大小的白色机箱，台上，则是三台并排放置的液晶屏幕。我忽然意识到，这也许是我第一次和“安加”见面。

其实我不应该觉得吃惊。

因为这不应该是我第一次见到这台电脑。“见到”这个词不算准确。因为我从未真正“见过”它的主机。我所见过的，只有它的拾音麦克风、电源线，和它的创造者及操作者——大李。

在过去两年里，我作为地平线计划的参与者之一，带着“安加”的麦克风一起经历了我所有的同传工作。本来，大李和他的地平线计划要把这台电脑命名为“安妮+”，只是因为我的强烈反对，他们才把电脑的名字最后定成了“安加”。

我不希望这台电脑成为我的升级版本。

事实上，我不希望任何电脑成为我的升级版本。

4

“五分钟准备。”

我的耳机里传来了麦克风试音的声音。这是音响师最后的测试，确保每个麦克风的音质都符合译员要求。

他打开一个无线麦，低声说道：

“一、二、三、测试……”如果能接受这个音质，我和搭档就比出OK的手势，音响师看到我们的手势之后，就会开始测试下一个麦克风。

而今天，技术员对我点了点头之后，他又看向了我的左边。大李在“箱子”外面的小工作台后，也戴着耳机，看着他的屏幕。他也比出了

OK 的手势。他在为“安加”试音。

翻译现场，译员常常抱怨音响效果不好，最常见的是电流的干扰声。平常人在听耳机广播的时候，如果有轻微的电流声，大脑会自动屏蔽掉这样的干扰。可是对于同传译员来说，因为要同时地听、翻、说，还不时地要在纸上记录数字、在电脑上给 PPT 翻页，一点点干扰声都会让人很烦躁。也许就像大李说的那样，此时的人脑已经没有了冗余的算力来进行干扰滤波。译员们曾经希望能有一款降噪滤波的软件能够帮助我们提升现场音质。大李说，技术上没有问题，只是没有商业价值，没人去做罢了。不过今天，为人脑降噪滤波已经不再重要，因为电脑的算力是无穷尽的，所以对于“安加”来说，嘈杂或者安静，并没有太大区别。

今天的音响不错，没有太大的干扰声。我向技术员竖起了大拇指。看来今天运气不错。

我转头看向了大李，大李也朝我笑了笑。他今天格外隆重地穿上了白衬衣，还打起了领带。但是领带的领结已经被他拉松，而且白衬衣已经隐隐透出了汗渍，他的额头油亮，白衬衣的袖口已经变得白一片、黄一片。

我已经做了十年的同传译员，而这是“安加”和大李的第一次亮相。

5

我再次试了试我面前的译员话筒，对着面前的大玻璃展现出了笑容。“听众也许看不见你的笑容，但是他们绝对能够听得见。”这是我的同传老师在上课时候最经常讲的一句话，“要让你的听众对你有信心，你的第一句话，就是你的气场。”

今天是中美农业贸易谈判的第十四次工作组会议。我和陈美已经为这个谈判项目工作了三年半。中美双方的工作人员都认识我们、熟悉我们，而我们对于谈判的内容、进程，以至于每个人的口音、口头禅、语言习惯，也都十分熟悉。我们之间的信任，是不言而喻的。

当然，在过去两年里，“安加”通过一只小小的、夹在我领口的麦克风，也熟悉了这一切。

双方工作组的成员开始陆续就座。

这一轮的谈判在华盛顿，美方作为东道主，首先介绍了本方的成员。

根据事前的安排，我作为首席译员，首先开始翻译。

我的手边是双方的参会人员名单，名单上有参会人员的姓名和中英文职务。要在以往，我会在会前的一天把日程和名单都翻译成中英文打印出来，放在手边供参考，以免翻译职务的时候出错。但是昨天，大李把“安加”翻译的中英文资料发给了我，请我校对一下。我知道他是想测试一下“安加”的翻译能力。

“安加”翻译的稿件堪称完美。

不过我还是挑了一个无关紧要的错误，以向大李表示人脑翻译的优越性。大李笑着拍了一阵我的马屁，更改了稿件，打印了一个漂亮的版本给我。

这大概是我有史以来最轻松的一次翻译准备了。

一般人恐怕想象不到，现场成员介绍其实很难翻。因为你从来不知道他们介绍成员的顺序，而且几乎总会有并不在参会人员名单上的人临时出现。每次临场翻译，我都会和搭档配合。她帮我在名单上找现在正在介绍的人，而我把这个人长长的头衔和简历读出来。

今天我搭档没有来，而“安加”不会帮我。它的设定是独自一个“人”完成所有的工作。

我一面听着主宾的介绍，一面飞快地在手边的名单上搜索着名字。找到了名字，核对无误之后，我就把职务读出来。同时还要注意来宾的性别。因为中文的嘉宾名单里面没有“Mr.或者Ms.”，而译为英文的时候，出于礼貌，需要添加为某某先生或女士，于是我还需要在中方主宾介绍的同时，看看起身点头的是男是女。

双方团队成员介绍完毕的时候，我长长地出了一口气，似乎刚才我根本就忘了呼吸。

还好我没有出错。

这时我面前的小绿灯亮了起来。

这是提示我，我的二十分钟到了，轮到“安加”出场。

看来我刚才的精神的确很紧张，因为我感觉也就过去了五分钟。

我关掉面前的麦克风，频道自动切换到了安加那里。

6

我靠在椅背上，长长地出了一口气。

“你真棒！如果‘安加’出了问题，还请你接过去。如果没问题，你多歇会儿也可以的，‘安加’不会累！辛苦了！”大李塞了一张纸条给我，纸条的最后还画着一张笑脸。我转过头去，大李从“箱子”外面对我竖起了大拇指。

也就是说，接下来，我只需要听着电脑的翻译就可以了？

我把我的耳机输入切换到了“安加”的频道。

听到“安加”的声音时，我吓了一跳。

一般人从录音中听见自己的声音时，会觉得很陌生。因为我们平时听到的自己的声音是通过头骨震动传来的，因此当第一次从音响中听见自己的声音时，会觉得那个声音比自己的声音要尖细。但是我熟悉我自己的声音。在我做翻译的头几年，凡是公开的会议，我每次会议都会录下会场的声音和自己的翻译，回家后自己听，分析自己翻译中的各种问题。

“安加”的声音，完全就是我的声音！

就连我略带南方口音的普通话、从 HBO（编者注：HBO 即 Home Box Office，美国著名付费电视频道）学来的美音，它都模仿得惟妙惟肖。

听见自己的声音说着并不是自己说的话，这感觉，有点儿诡异。

中方工作组组长、上一轮谈判的主席、农业农村部部长助理袁木，首先回顾了上一轮的谈判。他谈到，这已经是第十四个回合的谈判了，谈判虽然艰辛，但是我们已经就绝大部分实质性的问题达成了一致意见。大家看到了达成协定的曙光。

袁木的讲话一如既往地清晰、不急不缓。虽然他的讲话要点贴近讲稿，但是他并没有完全地照稿念。其实译员并不喜欢讲者照稿念，哪怕提前拿到了讲稿也不喜欢。因为人一旦照稿念，便会不再思考讲话的内容，于是会下意识地越念越快。稿件的信息密度本就大于即兴讲话的信息密度，而讲者如果照稿狂念，极大的信息密度会让译员不得不在信息上有所取舍，这样才能跟得上演讲的语速，不造成过大的时滞。

不过，对于“安加”来说，也许快速念稿不是问题。毕竟，它没有舌头，也不需要呼吸和咽口水，它完全可以毫无障碍地把话说得飞快。

出乎我的意料，“安加”的翻译也没有照稿念。它基本上是按照袁助理的即兴演讲逐句翻译的。无论是语速、意群还是句序，它都处理得很好。

跟我最巅峰时候的状态一样好。

“如果未来‘安加’有任何成绩，那都是因为你的优秀。”大李常常跟我说这句话。我想，他是为了安慰我，也是为了避免“安加”引起我的嫉妒。

而且，“安加”的语速和袁助理的语速以及语气的配合几乎是天衣无缝。它完美地传达了袁助理审慎乐观的情绪。

我不确定，我是否能做得和“安加”一样好。

7

常常有人问我，同传翻译里最难的是什么？这个问题翻译们自己也常常讨论。

有人说是数字的翻译。一来因为中英文数字计数方法不同，二来因为中文的数字读音音节少，“一亿”只有两个音节，而英文 one hundred million，算上元音和浊辅音，一共有六个音节。因此译员不仅仅要在脑子里飞快地计算，而且嘴皮还要飞快地跟上。而法语译员会告诉你，法语的九十二是“四个二十加十二”，更加令人崩溃。

但是数字对于“安加”来说不是问题。它的计算无论是速度还是准确度都远超我们人类。

也有人说是一些习惯缩略说法的翻译。比如“三个抓手”“四个不要”。但是这些缩略语用得多了，都有通用的译法。安加的存储和搜索能力应该大大高于人类译员，这些翻译也不是问题。

要问我，我觉得翻译里最难的，应该是笑话的翻译。

而就在这时候，美方主讲人霍索恩讲了一句双关语：

The war doesn't determine who is right, only who is left。

耳机里的“安加”给出了翻译“战争不能决定谁是对的，只能决定谁能最后留下来”。

中方谈判代表点了点头，示意他们听明白了这句话的意思，但是脸上的表情并没有什么变化，甚至有人皱了皱眉头，不知道这没由来的一句是不是预示着谈判的走向又将有变化。

霍索恩面带笑容地看着中方，似乎想等待对方对自己这个诙谐小句子的反应，却没等来什么热烈的反馈。

会场的温度有了明显的下降。

我赶紧接过了“安加”的麦克风，补充了一句，“刚才霍索恩先生讲了一句关于 right 和 left 的双关语俏皮话，想逗大家笑笑。”

听众们立即会意，抬头笑了起来。会场的气氛顿时缓和了很多。

很多人可能并不知道，译者这样加入一句自己的注释是需要冒风险的，尤其是那句“想逗大家笑笑”，纯属我个人的揣测。

我习惯性地转头看向了搭档空荡荡的座位。如果“安加”是个人的话，他也许会对我竖起一个大拇指，感谢我的帮助。当然，也不是所有的翻译都会感激这样的帮助。有的译员会迅速地把麦克风切换回去，甩过来一个不悦的眼神。毕竟被人抢了话头，对大多数人来说都是不舒服的一件事。

我的麦克风上红色指示灯忽然熄灭了。“安加”已经把麦克风切换了回去。

此时的“它”是怎么想的呢？

8

我忽然很想知道，“安加”能感受到我们人类所感受的情绪吗？如果它不能感受“饥饿”，那么它永远只能从字面上去理解“饥饿”。可是英语里，表达饥饿的词那么多，hunger， starvation， famine……如果不理解“饥饿”，它怎么知道选择哪个词是最准确地呢？

可是，对于一台电脑来说，怎么才能算感受到“饥饿”呢？它根本不需要吃东西。也许只有在电力不足的时候，或者电压波动的时候，它能“感受”到某种不稳定的状态，可是它会把这理解为“饥饿”吗?

要让电脑理解人的感受，是不是就好像要让人去理解一棵树的感受一样呢?

想到这里，我忽然意识到，没有感情，也许反而是“安加”比我们人类翻译更优越的地方。不久前，我和陈美翻译一场志愿者活动。一位脑瘫康复女孩讲述自己的生命历程。我翻着翻着忍不住掉着眼泪哽咽了起来。陈美见状赶紧接了过去。可是她翻译了一会儿也忍不住掉起了眼泪。于是整场翻译，我们在两个人之间频繁切换。平时二十分钟一换的惯例变成了三四分钟一换。

没有感情的电脑，自然不会受到情绪的干扰。

如果换作“安加”，也许那场翻译的效果会更好。

我的计时器提示“安加”的二十分钟马上就要到了，该轮到我翻译了。按照大李的说法，只要我愿意，可以告诉他让“安加”一直做下去，毕竟电脑是不会累的。但是我忽然觉得作为人类，不能就这么向电脑认输……

9

各国政府对于工作午餐都有着各种奇葩的规定。比如欧盟就规定，任何公款资助的午餐，除了每人餐费固定之外，还不得提供座位，只有高高的桌子供大家站着吃饭。因此大家会吃得很快，也不会吃很多。更重要的是，没人会想要去无缘无故地蹭这样的一顿饭。而美国政府的规定也很奇葩。任何政府资助的工作午餐，虽然可以提供座位，但是不得提供刀叉勺等餐具，唯一的餐具就是牙签，因此食物也都得做成牙签可以插起来的大小。于是今天的午餐照例也都是很多切得只有豆腐块大小的三明治、小汉堡、小比萨，以及一些小蒸饺、小烧卖。

“嘿，刚才多谢你帮忙了。”大李端着一碟小烧卖走了过来。

我摇了摇头，“不算啥，估计‘安加’的语料库里没有包括笑话大全吧。”

大李歪着头看了我一小会儿，然后道：“你知道吗，其实‘安加’不是靠搜索语料库翻译的。”

“那是靠什么？你们跟着我这两年，难道不就是搜集我的语料库吗？”

大李笑了起来，嘴里还是满满的烧卖，“语料哪里不能找到……况且，就靠你这两年翻译的语料他也不够啊。”

“合着这两年你们是跟着我公费旅游哪？”说实话，我心里有一点儿小小失落。大李纸条里的“‘安加’的优秀是因为你的优秀”，看来纯粹是拍我的马屁而已。

“那倒也不是，”大李快嚼几口，把嘴里的烧卖咽了下去，“‘安加’建造的基本理论是普遍语法，也就是说，各种语言的底层，存在一种共同的语法。”

“普遍语法”又叫“生成语法”，是乔姆斯基首先提出来的。他认为，人类基因里面内嵌了一种与生俱来的学习语言、利用语言进行交流的能力，他把这称为“普遍语法”。他用这个来解释，为什么大猩猩哪怕和人类婴儿一同成长，到最后仍然无法学会人类的语言。因为大猩猩虽然具有说话的生理构造，但是对大猩猩来说，语言只是一种噪音。

“你的意思是，‘安加’是模拟人类的婴儿，跟在我的周围，学习语言？”

“‘安加’跟着你的时候，应该已经是幼儿了吧。‘安加’最初是跟在我的周围。它发出声音，我做出反馈。逐渐地，我开始理解它的意思，它也开始理解我的意思，然后它开始改变自己的发音，开始使用我的声音跟我对话。”

“你是说，‘安加’，把你当成……爸爸？”

“差不多吧。”大李说这话的时候，忽然脸红了起来，“虽然我其实还单身。”

乔姆斯基的理论总是强调人类思维的独特和唯一。而电脑却利用了他的理论，使得人类不再是思想的唯一主宰。这要是被还健在的乔老爷知道了，不知道他会作何想法。

大李捅了捅我的胳膊，“想什么呢？”

“我在想，乔姆斯基的普遍语法，或者生成语法理论，核心之一是，表达意义的欲望是人类内生的。这也是为什么乔老爷认为亚里士多德错了。亚里士多德说：‘语言是给声音赋予意义。’而乔老爷认为恰恰相反，他认为‘语言是给声音找到意义’。”

“所以呢？”大李扬了扬眉毛，似乎没明白我想说什么。

“电脑是如何具备表达意义的欲望的呢？……说到底，电脑是如何具备任何欲望的呢？它既不需要遮风避雨，也不能体会到饥饿寒暑，它所需要的，不过就是供电罢了。”

而恶劣的环境和生存的欲望，说到底，是我们心智的重要驱动之一。

我关注的问题是语言研究对理解人类本质的贡献——乔姆斯基《语言与心智》。

10

一个小时的午休时间，大李向我简单讲述了“安加”的设计过程。

首先建立一个模拟的宇宙——元宇宙，然后在这其中建立无数个简单的模拟个体——元细胞。我们可以把每个元细胞看作一个单细胞动物，即地球最原始的生命体。每个元细胞都是一个机器学习的个体，他们需要通过不断的学习，在周围寻找算力资源，以不断地提升自己的算力。算力越大，就意味着反应能力越强，这样的元细胞就越容易在随时变换的元宇宙中生存下来。而随着元细胞算力的不断加强，元细胞也变得越来越复杂，学习能力也越来越强。

万万亿个元细胞经过四十亿年的模拟自然选择，经过了各种严苛环境的考验，胜出者之一便是“安加”。

这整个过程，花掉了大李大约两年的时间。

大李没有向我详细解释“安加”算力的来源。但是我怀疑，虽然“安加”可以在元宇宙的环境中寻找算力，但是杀死其他元细胞以吞并它们的算力恐怕是一条更加便捷的途径。

毕竟，机器学习是一个黑匣子，我们谁也不知道“安加”最后是怎么生存下来的。

不过我的心里也存有一个小小的疑问。要知道，四十亿年的生物演化，海洋中的单细胞生物演化成了千万个不同的物种，而这其中，只有一种被称为智人。我们凭什么能肯定，“安加”走的就是人类的演化路径呢？

我的脑子里灵光乍现。

11

“大李，我想试试‘安加’的翻译水平到底怎么样？”我把一张纸条递给了大李。

大李看了看纸条，又看了看我，“这是什么？”

“你走到麦克风前照念就好了。”

大李挠了挠头，“你确定这上面没写错吗？”

“确定。”

大李有些犹疑地走到了麦克风前，一字一顿地读出了字条上的字：

Colorless（无色的）、green（绿色的）、ideas（主意、观点）、sleep（睡觉）、furiously（猛烈地、狂暴地）。

“安加”的麦克风上，红色的指示灯长亮，表示“安加”正在翻译状态。可是过了很久，却没有声音传出来。

“安加？”大李转头叫了一声，“在吗？”

“在的。”“安加”的声音传来。这是我第一次目睹大李和“安加”的对话。

而此时“安加”的声音，虽然用的是我的音调，可是听起来却像一个陌生人。

“‘安加’，我再读一遍，注意听。”大李调整了一下面前麦克风的位置，“Colorless green ideas sleep furiously。”（编者注：此句是英文单词的堆砌，单词之间没有逻辑关系）

“安加”还是没有发出声音。

“‘安加’，听清楚了吗？”大李问道。

“听清楚了。”

“为什么不翻译呢？”

“我不明白这句话的意思。”“安加”道。

大李拿着纸条走到了我面前，“‘安加’说……”

“没事，”我把纸条揉成一团，扔在了垃圾筐里，“马上开会了。”

会场里已经稀稀落落地有人开始入座。大李带着满脸疑惑回到了他的操作台前。

Colorless green ideas sleep furiously。这句话是乔姆斯基自己生造出来的。他造这句话的目的就是要说明，虽然这句话完全符合语法规则，但是却没有任何实际的意义。因此语言并不仅仅是结构和形式，语言内核的语义更加重要。

可是对于任何电脑来说，把这句话按照字面翻译成“无色的环保理念狂暴地睡着”是毫不费力的一件事情，如果，电脑只把翻译看作一项任务，而并不关心这其中的具体意义的话。

而当“安加”“说”“我不明白这句话的意思”的时候，我忽然意识到，在更像机器还是更像人的这个尺度上，“安加”显然是向着“人”的终点迈进了一步。

之所以我没有立即告诉大李这句话的根源，是因为我忽然有点儿担心大李的反应。

乔姆斯基告诉我们，人类是拥有心灵的实体。保护内心的自由高于一切。

12

拥有强健的身体和良好的睡眠对译员来说是非常重要的。虽然翻译看起来是脑力工作，但是同声传译需要听、记、译、说同时进行。听的东西和说出来的东西有5秒左右的时滞，这也是同传中非常重要的“分脑”技术。你听的是这一句，而你嘴里翻译的却是上一句。分脑所需要的瞬时记忆需要长时间的训练，而且还需要不断地练习以维持这种能力和良好的状态。就好像游泳选手，需要每天不停地游，才能保持自己的竞技水平。

而同传译员最怕的事情之一是——时差。尤其是像我这样睡眠不好的人。

尽管我一上飞机就已经按照建议，把手表和作息调到了目的地的时间，而且我还带上了褪黑素和眼罩，准备无论如何也要按时睡觉。可是我的生物钟就像是老爷爷的座钟，顽固得不得了。四颗褪黑素下肚，我仍然在眼罩的黑暗下胡思乱想。

现在，我看了看我的工作台，三只空空的大号咖啡杯已经摞在了一起。而我还得不时地掐掐自己的手腕，确保我的注意力能够保持集中。

袁助理和霍索恩正在讨论谈判纪要。这可以说是谈判中最重要的部分。双方会逐字逐句地核对纪要，来来回回地斟酌更改，确保最后的文字是双方都满意的。一旦谈判内容变成了白纸黑字，双方谈判代表一签字，便具有了非同一般的效力。

纪要的“磋商”是最磨人的。每一个词、每一个标点符号、甚至每一个序号，都要来来回回反复翻译。时不时会场的代表会忽然说，“刚才翻译说的好像有问题”或者“这个纪要的翻译有问题”。这通常不是真的翻译出现了问题，而是代表们临时改了主意，把锅甩给翻译，好找个台阶下。

耳机里传来“……刚才的翻译……”我立刻抬起了头。刚才我是睡着了吗？我忽然意识到自己的眼睛已经闭上，大脑里一片昏暗。顿时，一层细密的冷汗从后背沁出来。

“……刚才的翻译翻得很好，感谢我们今天的译员……”我松了一口气。紧接着，耳机里传来了我自己的声音。是“安加”在翻译？

我转头看了看自己的译员席，麦克风上的红灯已经熄灭，表示“安加”已经接过了翻译。我再看了一眼我的计时器，我这一轮才刚刚开始五分钟。难道我刚才打了一个小盹儿，被“安加”发现，接了过去？

这样的情况虽然罕见，但是也不是没发生过。我曾经有段时间有低血糖的问题。有一次开会拖堂过了午餐时间，我只觉得一阵头晕，随即搭档就把我的麦克风接了过去。事后搭档告诉我，她感觉到我说话已经语无伦次了。

不过搭档主动切过翻译这种事情，只会发生在关系比较好的译员之间。译员们大都是自由职业，各自为政。不相熟的译员不会愿意牺牲自己的休息时间救场。更有甚者，可能会暗中期望搭档出点儿丑，这样才能凸显自己的优秀。

我探头看向了大李。戴着耳机的大李已经在主机旁边打起了盹，显然对刚才所发生的一切没有知觉。

我又把麦克风切了回来。说了两句之后，我故意说了一句逻辑混乱的话。而我麦克风上的红灯立刻就熄灭了。

“安加”又接管了翻译频道。

大李此前曾向我保证，“安加”一定会严格遵守二十分钟轮换的惯例。而“安加”现在的行为已经超出了预定的规则。

这是因为上午我切了“安加”的频道，它在“投桃报李”吗？

我忽然发现，我竟然在揣测一台电脑的动机。

13

“大李，你给‘安加’设定的是每二十分钟一换对吗？”茶歇的时候，我忍不住问大李。

“对啊，怎么了？你是不是累了，我让‘安加’多做点儿？”

“不，我是想说，我觉得‘安加’并没有按照规则工作。”

然后我简单地讲了讲“安加”是怎么在发现了我走神时，接管我的翻译的。

“那不挺好吗？”大李喝着冰镇可乐。

“人工智能擅自采取未经授权的行为……这不是很危险的吗？”

“没事啦。”大李微笑道，“‘安加’不是一般的人工智能，‘安加’这种应该叫作‘机器自主智能’，机器是有一定的自主性的。”

“可是……”

“‘安加’可能觉得，干的活儿越多，得到的算力就越大吧。”说着，大李拍了拍我的肩膀，“今晚它在元宇宙里的日子也就更好过点儿咯。”

“今晚元宇宙里会有什么？”

“暴风雨、地震、火山爆发、海啸……”大李耸了耸肩，“我也不知道，系统随机安排的。进化时间越长，考验就越大。没准‘安加’在担心能不能过得了今晚呢。”

茶歇很快过去，我回到了座位上。

翻译是我从小的梦想。记得我大概七八岁时，有一次看新闻联播。电视上正播放着是国家领导人接见外宾。我爸指着电视上、坐在国家领导人和外宾身后的翻译说：“将来你要是能做这样的翻译，你就可以去世界上很多的地方，见识很多的东西。”那时，我觉得这个梦真的是太遥不可及了。

几年前，当我真的坐在国家领导人的身后出现在新闻联播里时，我仍然觉得这一切像个梦一样。

翻译是我的毕生热爱与志向。

而翻译对于“安加”来说，只是帮助它挨过一个又一个严酷夜晚的任务罢了。如果“安加”是一个人，此时的他，应该是心怀着巨大恐惧在工作吧。

会议闭幕时，双方发言人照例在闭幕致谢中感谢了翻译。结束后，袁助理和霍索恩都特地到“箱子”里来和“我们”道谢。袁助理还特意问起今天我的搭档是谁。就在我正犹豫应该怎么回答的时候，大李在袁助理的背后使劲地摆起了手。于是我只好推说搭档肚子不舒服，先回房间了。

“多谢啦，”等会场人散得差不多时，大李跑到了“箱子”门口，“毕竟‘安加’还没有正式推出，我们还不想让太多人知道它。”

我点点头，表示理解他的顾虑。不过，让机器就这样顶替人类工作，却不告诉客户，是不是也不太道德呢？

转过头，会场的灯光已经熄灭。只转眼之间，同传工作间就已经被拆散成了一地零件。很快，这些零件会被装进五只大箱子，运往下一个会场，然后再被搭建起来。

或者，还会，再被搭建起来吗？